弔辞

ビートたけし

自分への
生前弔辞

北野武

私、北野武は昭和22年、東京の足立区島根町に生を受けました。戦争が終わって2年。よく父ちゃんと母ちゃんは生き残ったものです。

もともと、漆《うるし》塗り職人だった父ちゃんは「ペンキ屋」として府中にあった飛行場に召集されました。

そこで何をやったかというと、ベニヤ製の偽《ニセ》の戦闘機をザーッと何十機も作って、それにペンキを塗って、日本にはまだまだ飛行機があるぞ、ってところを日本に爆撃にくるB−29に見せつけて勘違いさせる、わざと爆撃させて無駄玉を使わせようという、まるでトンチンカンな仕事だったのです。

結局、爆弾は一発も落ちませんでした。

空から見てもニセモノだとわかってしまうぐらいデキが悪かったのでしょう。はなから敵にはバレていました。この時に徴兵された大工やペンキ屋など、どうしようもない職人連中は、「バカヤロー、バレてるじゃねえか」と、上官から全員、往復ビンタをくらったそうです。しかし、爆弾が落ちなかったから父ちゃんは無事だったと言えるわけで、親父の職人技術の未熟さと、大工のへっぽこ仕事が、私の誕生のきっかけになった。まずは、そのことを親父に深く感謝したいと思います。

東京は空襲で焼け野原。その端っこで北野家の生活が始まりました。４人兄弟の末っ子。上の兄２人は頭脳明晰。とくに長男の重一《しげかず》は英語が達者な秀才だったので、高校生の頃にはすでにＧＨＱの通訳になっておりました。そのおかげで進駐軍のＰＸ（購買部）で缶詰のコーンビーフやらなんやらがコッソリ手に入ったのです。足立区でコーンビーフの味を知っていたのは、ウチくらいでした。ただ、肝心の缶切りがなかった（笑）。缶詰をみんなで食うために父ちゃんが考え出したのは、釘を缶詰の底に一本一本打って、最後に蓋を開けようという作戦でした。ところが、何十本打ち込んでも釘が肉にめり込んでしまって缶詰が開かない。しかたなく、最後にそのおつゆを飲んで我慢したという情けない時代も経験しました。

食べ物といえばこんなこともありました。戦後、職人の旅行で親父と2人で初めて江の島へ行ったときのことです。湘南電車で俺と親父が立っているときに、アメリカの軍服を着た将校らしき人が席を立って私を席に座らせてくれたうえ、ハーシーズのチョコレートをくれました。

それまで、さんざん「アメ公」やら「毛唐」やら、米兵に対する罵詈雑言を口にしていた親父が、チョコレートをもらった瞬間、将校に向かって土下座して御礼を言い、その後もなれなれしく「アメリカさん、アメリカさん」と言い出すなど、態度が一変してしまいました。その姿を目の当たりにして、やっぱり日本は戦争に負けたのだ、アメリカというのはすごい国なのだとはっきり悟ることができました。

チョコレートといえば、こんな思い出もあります。アーモンド・チョコレートを初めて食ったときのことです。かじると中になんか入っているので、駄菓子屋のおばさんに、「種があるよ。種入ってる」と言ったら、「それがアーモンドだ」と笑われました（笑）。梅干しの種がチョコレートにも入っているのかと、しばらく勘違いをしておりましたのも懐かしい思い出です。

中学、高校時代になるとラジオから聞こえてきたのは、ナベプロの３人娘である中尾ミエや伊東ゆかり、園まりとかが歌うポップスでした。その頃の私は知る由もありませんでしたが、ポップスというのが、もともと外国の歌でした。コニー・フランシスやニール・セダカなど、本当に歌っている人は外国にいるという事実を知ったのはずっと後のことです。

当時、世間が熱狂していたロックンロールも、エルヴィス・プレスリーなどは知らず、ミッキー・カーチスさんが全身テープまみれで歌っている姿を見て、この世にはスゴイ歌があるもんだと思っていました。

その後プレスリーを知って、エレキブームが日本にも上陸し、ビートルズが出てきました。

このビートルズと、立教からジャイアンツに入った長嶋茂雄さんとの出会いは私の人生に大きな衝撃を与えました。私は多感な10代でした。この頃は、コカ・コーラを飲みながら、ポテトチップを食って、テレビの前で寝そべって野球を見るという、人間として、もっとも堕落した生活が愉しくて仕方なかった時代でした。

大学に入ると新宿のジャズ喫茶でアルバイトをしました。ジャズもやっぱりアメリカのもので、初めは何を言っているのかさっぱり分かりません。ただただ、女にモテるかなと思って始めたバイトでしたが、まさに「門前の小僧」状態で、歌詞は分からなくても曲は耳で聞いて、そのタイトルが何か全部、分かるようになりました。

この時代、日本は政治の季節。新宿にも学生運動にかぶれたヤツがいっぱいいました。私は社会主義とか、マルクス・レーニンなんて、ほとんど知らず、信じもしませんでしたが、いっちょ前にデモ隊に交じって明治大学の記念館に立て籠もったり、新宿騒乱事件の現場にでかけたりしました。デモに参加して、記念館に立て籠もれば、女の闘士とヤレるという噂を信じただけでした。ジャズも学生運動も、すべては性的な欲望に端を発したという、そんな歪《ゆが》んだ青春時代でした。

大学の授業にも出ず、就職など考えず、堕落した日々を送っていた時、出会ったのが「お笑い」でした。大学では最先端のレーザー光線を学び、レーザーに関する卒論も書いていたにもかかわらず、就職は全部諦《あきら》めたところに、掃き溜めのように浅草のフランス座が私の前に現れました。お笑いが一番やりたかったことではないし、もっとやりたいことはたくさんあったけれども、当時、真面目に働く気はないヤツが行くのはお笑いの世界しかなかったともいえます。そこで出会ったのが、きよしさんで、ツービートというコンビを組んで、私の芸人人生は始まったのです。

世の中とは不思議なもので、人々の生活がある程度安定したときにお笑いが注目されるようになります。大阪も東京も、同時多発的に「お笑い」という文化が注目され、やがて、漫才ブームが到来します。

西の横山やすし・西川きよし、オール阪神・巨人、西川のりお・上方よしお、今いくよ・くるよ。東にセント・ルイスがいて、おぼん・こぼん、そして、ツービート。

まあ、オイラが一番ウケたけどね。

よく「人々の生活が苦しいときは『お笑い』が流行る」といいますが、あれは嘘です。お笑いは景気が良いときにこそ花咲くのです。本当に飢え死にしそうな人間にナン億円もするピカソの絵とおにぎり1個のどちらかをあげようとしたら、みながおにぎりを選ぶに決まっています。


さて、ここからいよいよ、約半世紀にわたる私の、汗と涙の芸人人生の物語が始まるわけですが全部すっとばします。詳しくは、この本をお読みください。

むしろこの場でお話ししたいのは、現在の私の心境についてです。

どうにかお笑いの世界でメシも食えるようになって、人気も出て、売れるようになって、今度は自分と同じ世界を目指す若手の姿を見るにつけ、一種の虚無感のようなものを感じるようになりました。

お笑いは所詮《しょせん》お笑い、エンターテインメントは所詮エンターテインメントです。その時代や自分の身に何も起こらなければ楽しいという、それだけのことであって、世の中を救うわけでも、人様の役に立つわけでも全くありません。お笑いを真剣にやってきたし、努力もしてきましたが、それを語るのはお笑いとしてはカッコ悪いことです。努力していないわけではないが、そんな姿を人様に見せる必要はない――そんなファジーな状態で、ずっと今まで生きてきました。

しかし、これからの時代はそうはいかないでしょう。

これからを生きる、皆さん。皆さんは大変な時代を生きることになります。ITだのAIだのが進化して、個人情報が無作為に氾濫する一方で、ごく一部の人間が全体を牛耳るような社会になる。待っているのは奴隷制かもしれません。そうなると、私のようにいい加減に、ファジーに生きていくのは難しくなるでしょう。

情報を疑えとか言いますが、マジでその感覚を持たないと、大変なことになります。個人情報がネットにあふれていても、その情報が正しいとは限らないし、決めつけられるのが一番つらい。ウィキペディアを見ても、私のことがいろいろ書かれています。

芸人なんて、なんでもいいと思う反面、それだけで俺の人間性を決めつけられるのは、やっぱり勘弁して欲しいと思いますし、その情報が嘘なのか本当なのか、少しも疑問を抱かない社会というのは危険だと思います。

とにかく人間なんて、本当にいい加減で社会は未熟です。昔、お笑い芸人に対する評価は、「テレビに出たことある」が絶対でした。テレビには出ていなくても、面白い芸人はいっぱいいました。人間はおかしな生き物で、コンビニの包装紙と高島屋の包装紙、中身はまったく同じ品物でも、やはり選ぶのは高島屋です。時代が進化しても、結局、人間は本質ではなく、見た目や外見で物事を判断してしまいがちです。中身や実用性や耐久性なんかよりも、結局ブランドがいちばん重要という、ますますそんな時代になってジャンジャン人間の自由を奪っていますが、人間はそういう枠に入り込みたい生き物です。

厄介なのは「人間は集団の中にいないと不安で仕方がない生き物」だということです。だから、スマホは危険だなんて悪口を言っておきながら、みんなスマホを持っているし、アマゾンとかも便利だから使い続ける。

つまり、こうした人間の〝特性〟に気がついたごく一部の人間が勝ち組となり、彼ら一部の人間が作ったルールの中で、俺たちは生かされているのです。

庶民に許されているのは、せいぜい酒飲んで悪口言うくらいしかないのです。


どんな金持ちであっても、あのスティーブ・ジョブズだって、くたばりゃタダの骨です。どんな金持ちでもやっぱり、死ねば同じじゃねえかって思います。でも、情けないことに人間は、死後の世界とかあの世とかいろいろな概念を作ってきたけど、完全に証明したヤツは誰もいないし、未来がいかにすごいかと言ったところで、ホーキング博士の言う、タイムトラベラーが現代の我々を訪ねてきたことなんか一回もないんです。


私は47歳の時にバイク事故で死にかけました。

実は、今の私は、自分が認識している現在の「私」ではなく、ほんとうは、事故のあとも植物状態で病院にずっと居続けているのではないかと考えることがあります。

今、私が見ている光景は、入院中の私が頭の中で描いたバーチャルなものなのではないかと。

だから、朝起きて、ゆっくりと目を開けるとき、もしも天井が病院の病室だったらどうしようと、たまに不安になります。退院してから、現在までにやった仕事は全部、嘘で、入院してまだ1週間の自分に戻ったらどうしようという恐怖が拭《ぬぐ》えません。人間の「生きる」「死ぬ」という概念もまた、人間の脳が作り出しているのかもしれません。


ただ、自分で「生きる」「死ぬ」をそんなに自覚しなくてもいいのかな、もう、なるようにしかならないし、と思っている自分もいます。

死後どこどこへ行くなんていうのも、正直、どうでもいいことです。

亡くなった丹波哲郎さん、今、どこで何しているのかな。丹波さんは、なぜか私のことを尊敬していまして、よく「死後の世界では、あなたは私よりもずっと格上の存在なんです」とか言われて困りました。死んだ後も上とか下とかあるのか、大霊界ではそうなのか、とか思いましたが、そこまで言うなら丹波さん、一回、こっちに帰ってきて、もっといろいろ教えてくれないかなと思いながら、私は今日を生きております。

先ほども触れたように、私が本当にやりたかったことはお笑いではありません。お笑いは二番手でした。いまでも、ノーベル賞を受賞した科学者を見ると嫉妬します。

親には失礼ですが、やっぱり親がもうちょっと金持ちで、子どものときから塾に行かせてもらって、研究者になれるようないい大学に入っていたら……と思うことはあります。まあ、こんな話を天国の母ちゃんが聞いたら、「親の目盗んで野球やってたくせに。バカかオマエは」と叱られそうですが。

二番手だったから、夢中にはなりきれないし、客観的に見られるから、生涯の仕事を選ぶのは二番手がいちばんよかったんじゃないかと思うときもありますが、全身全霊で夢中になっている人を見ると「負けた」と思います。芸人としていろいろ表彰もされましたが、「だって俺、二番手の人生なんだよな」と素直に喜べない自分もいます。

それでは、「オマエは何をやり残したんだ」「最後に何をしたいんだ」と言われたら、私の夢はただひとつ、独裁者になることです。独裁者になって、ITやなんかで儲けてる奴らから税金をたくさんとって、研究費が足りない学者連中に研究施設をいっぱいつくってあげたいと思います。海洋学者がウナギの稚魚をマリアナ海溝まで追いかけたけど、重油代がなくて船を動かせないなんて話を聞くと政府は何をしてるんだろう、と思います。政治家のための余計な道路なんてもう作らなくていいから、そういう学者に金を全部配って死にたいと思っています。

言いたいことをさんざん語ってきましたが、自分は臨終の間際に「大勝負」が残っています。いざ、自分が死ぬ瞬間に「俺は笑いがとれるかな」という勝負です。くたばるまで芸人でいたい、「うっ、痛《いて》え、助けてくれー」とか普通のことは絶対に言いたくないというのが本音です。

「痛い、痛い」ぐらいは言うと思いますが。

芸人としての反発は、この人生の最後の最後の大舞台で、生きることよりも誰かを笑わせることが優先できるかだと思っています。

「こいつ、『さっさと殺せ、バカヤロウ』なんて、またウソ言ってるよ。本当は生きたいくせに……あ、死んじゃった」とか言われて、むこうへ逝《い》きたいなと思います。

……とまあ、出版社にノセられて、自分なりの弔辞を読んでみたけれども、本当は、「お笑い最高だぜ！」って言って死にたいけど、こんな弔辞しか書けないのが、オレの芸人としての一番の照れだよね。

はじめに

【弔辞　ちょうじ】
死者を弔《とむら》う言葉
故人に対して伝える別れのメッセージ

時代が大きく変わっていく。
万物は流転するし、盛者必衰はこの世の常だ。
おまけにコロナウイルスなんてものまで世界的に流行《はや》ってしまった。
なんて慌ただしい世の中だ。

資本主義やらテクノロジーやらで、何かと騒がしいこの時代。
これからますます時代の大変化は避けられない。

だから、これからは、いろんなものが大きく変わっていくだろう。

いろんなものが消え失せて、少しずつ忘れ去られていくだろう。

だけど、忘れちゃいけないものもある。

きっと、あるはずだ。


俺は、この時代に向けて、「弔辞」を読もうと思った。

たとえ、消える運命にあるものでも、それについて、俺自身が生きているうちに別れのメッセージを伝えておこうと考えた。

まもなく、ひっそりとなくなっていく物事や人々に対して、誰かが言っておかなくちゃならない、覚えていてほしいって思うからだ。

まだ死んでない、滅んではいないものもあるけれど、そういうものに対しては、まだ生きている、残っているうちに捧げる俺なりの「生前弔辞」だと思ってほしい。


俺は未だかつて弔辞というものを読んだことがない。

もちろん、頼まれたことは何度もあった。

俺が読まないのは、俺が芸人だからだ。葬式や告別式なんて、芸人がもっとも相応《ふさわ》しくない場所だ。明るく陽気に、コマネチ！　なんてやれないじゃん。

その芸人の俺に、「この時代への弔辞」を読ませようと企《たくら》んだ出版社があって、しかも、それがあの講談社だった。

俺は面白いと思った。生涯、読むつもりもなかった弔辞を、俺がここで読んだらどうなるか。

昭和、平成そして令和。なんだか、俺がガムシャラに生きていた、あの頃がえらい昔になっちゃったなと思う。

俺の人生が、あとどれくらいなんて神様にしか分からないけど、好き勝手、生きてきたわけだから、今のうちに思ってることを吐き出しておくのも悪くないと思った。

昔と今では考えていることもかなり違ってきたし。

最初に断っておくが、しんみりした話はほとんどない。

ただ、今俺が思っていること、感じていることを、これからも巡りゆく時代に「弔辞」というタイトルで送るだけだ。

それともう一つ。

俺が死ねば、俺の芸も忘れさられるだろう。

だから俺なりに真剣に考えた「芸論」も〝遺言〟代わりに載せておくことにした。

それじゃあ始めようか。

もくじ

第2章 人間ってやつは

第3章　お笑いの哲学

文中一部敬称略

第1章 あのころのテレビ

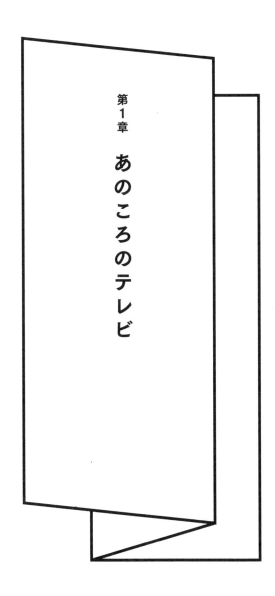

かつて漫才は「最底辺」の芸でした。
テレビの力で隆盛を極めたその漫才は、
いまコロナとともに終わろうとしています。

テレビに始まりコロナで変わる

――漫才と芸人について

テレビのニュースやワイドショーに、芸人がコメンテーターとして出演する。
……あ、俺だってそうか。

いきなり厳しいことを言うようだけど、視聴者の主婦にウケがいいような、「不倫はよくありませんね」だとか、当たり前の、つまんねえことしか言えないような芸人は、芸人として終わりだなと思う。本人の前では言わないけどね。
芸人が帯番組で、みのもんたみたいなこと言って、主婦の味方してどうすんだよ、って思う。

主婦なんて、本当はこの世の妬《ねた》み嫉《そね》みとか、金持ちが貧乏になるのとか、嫌な事件とか大好きなんだから、「こんなことしちゃいけませんね」じゃなくて「いいじゃねえか」って言えばいいのに。俺はなんでも「いいじゃねえか」って言ってるから、最近カットばかりされちゃっているワケだけれども。

ただ、主婦や正義の味方になってマトモなことを言わないとテレビが使ってくれないから、芸人として食うのが難しい時代になってるっていうのはある。

予算削減だ、コロナだで、本業もグッと少なくなってるから、帯番組とかのレギュラーになって給料を少しでも増やしたいっていう思いはよくわかる。

でも、それって、自分の「芸」にとってプラスなのか。

漫才というものの隆盛を見続けてきた俺はそう思う。

今でこそ漫才といえば、お笑いの代名詞だけど、俺がこの世界に入った昭和40年代、つまり今から半世紀ぐらい前はそうじゃなかった。漫才をやる「芸人」は芸能という世界の中でも最底辺というか、いちばん下にランクされていたんだ。

当時のお笑いといえば、寄席《よせ》の落語。落語が寄席の中心で、それに対して漫才はマジックや声帯模写なんかと一緒に「色物」とか呼ばれていて、寄席の世界では添え物に過ぎなかった。

寄席には「高座にあがる」という言葉がある。噺家《はなしか》は舞台の上に台を作って、一段高いところで芸を披露する。芸人を客が見上げる位置に置くことで、自然と噺に聴き入る環境を作ったわけ。

それに対して漫才は「テキヤ芸」。テキヤは「的屋」と書くんだけど、縁日や盛り場で露店を出して、興行や物売りをする業者のこと。テキヤは人が大勢行き交う往来で、客と同じ目線の高さで声を張り上げて、多少強引であっても客の興味を引かなければ食っていけない。歩いている人の足を止めて、聞かせて、笑いをとる。インチキな物を買わせるって、とにかく「腕」がいる。

漫才が「テキヤ芸」と言われる所以《ゆえん》は、つまりテキヤと同じで、寄席に落語を聴きにきた客の前で必死に笑いをとらないといけない。だから、漫才では「つかみ」と言って大抵の場合、ネタに入る前のイントロの部分でワーワー喋って、客にこっちを向いてもらう必要があって、まずは、その技術が求められる。同じお笑いでも、落語と漫才の立場はそのぐらい違っていた。

ところが、テレビの力で落語と漫才の立場が完全に逆転してしまった。テレビがジャンジャン普及していくと、最低ランクに所属していた芸人がテレビの力で突然売れっ子になってしまった。顔が売れてくると、演芸場に出てくるだけで、キャーキャー、ワーワー騒がれるから、つかみもなにも、ウケるとか考えてやる必要がなくなってしまった。

長い目でみると、それで漫才師は調子に乗っちゃったんだと思う。

そもそもテレビが普及していない頃の漫才なんていうのは、すべての客に共通のネタが「家庭」と「季節」ぐらいしかなかった。「昨日、君ん家行《ち》ったけど」「ああ、僕の妻《さい》がいたでしょ」「君ん家、サイ飼ってんのか？」とか、「あつはなついね〜」「逆だ逆！」だとか、実に情けないネタをやっていたわけ。ところが、テレビの普及によって、共通のネタがジャンジャン増えていったことで、我々のネタも増えていくという構図が生まれた。

それまで学校の人気者っていうのは、そのクラスの人気者のことだったんだけど、テレビの力で長嶋や王だとか、一夜にして日本中の学校のクラスで話題になるような人気者がどんどん誕生していった。テレビの力でネタのカテゴリーが大きく広がった時代のすぐ後に俺たちの世代の漫才師がデビューをしていくんだ。

その意味では俺たちはラッキーだった。

義務教育が徹底するようになって、国民の最低限の知識レベルが上がったことで、みんなが共有できる「共通社会」が広がったことも大きい。演芸場で年寄り相手に漫才やってるときに「なんでこんな古い漫才をやんなきゃいけないんだ」ってずいぶん悩んだこともあるけど、そのうち演芸場に高校生とか大学生なんかがいっぱい来るようになって「勉強ネタ」を連発したこともある。

相棒を指さして「こいつは、英語のｏｎｅをオネって読むようなヤツだよ」とか、あるいはマイクに近づいたり遠ざかったりして声を変えて「ドップラー効果だ」とか。ジャンケンのときに左手をフレミングの法則にして「こんなことも知らないで学校出てんのかオマエは」と相棒をイジったりもしたね。テレビがメディアとして発展したからこそ、漫才もコントもお笑いの幅を広げていけたんだと思う。

テレビという箱は、寄席で演じているようなお笑いの質をもっと落としたゲスなネタが向いていると俺は思った。それは、視聴者をバカにしているのではなく、テレビに合った漫才をしないといけない、つまり、テレビ用のネタを作らないといけないということだった。

漫才のネタってやつは不思議なもので、今日ウケたネタが明日ウケるかは分からないし、東京でウケたネタが地方でウケるとも限らない。

結局はどうやって、客との間に「共通社会」を作るかってことがネタの肝だった。

少なくとも、テレビと社会が一心同体の時代はそうだった。

だけど。

テレビが社会とともにあった時代は終わった。

今の時代は、テレビから社会の価値観が離れだしている。
そこへきてこのコロナだ。
これは漫才という芸が大きく変わっていく前兆じゃないかと俺は思う。

これは冗談とかではなく、「漫才」っていう形式のお笑いは、そろそろ終わりを迎えるんじゃないかと思っている。

漫才はボケとツッコミ、そして客という三者による三角関係から成り立つものだけど、今回のコロナ騒動で、そもそも演芸場って最も客が入りにくい場所になった。

客席には客と客との間に間仕切りが入ってるし、酷《ひど》いところになると、舞台に立つツッコミとボケとの間にまで仕切りが入ってる。この構造だと「いいかげんにしろ！」とか物理的なツッコミが入れられない。ガラガラの演芸場でソーシャルディスタンスみたいなことを言われたら、もう漫才ってやりようがない。

コロナで客が減ってオンラインに切り替えてたって笑えるわけがない。客のいない寄席で芸人がいくら一生懸命喋ったところで、三角関係の一つが欠けちゃってるんだから。

　とはいえ、ライブという形がエンターテインメントの主流になっていくのも間違いない。少なくとも現状のテレビやネットの世界ではいまひとつピンとくるものがない。ユーチューブに進出している芸人もチラホラいるが、まったく期待できない。ユーチューブで何かスゴイものができたためしがない。「新発売のジュース飲んでみた」とか、素人でもできるような、その程度かという感じがする。エンターテインメントの市場価値というのが棄損されている時代なので、無茶なことはできないから、かえって面白くない。プロではない以上、素人でもいつの間にか人気者になれるというのはどうせ長続きしない。

　エンターテインメントの形がライブになる一方で、漫才というスタイルは厳しくなる。そうなると、アメリカのスタンダップコメディみたいに一人で出てきて、マイクを持って客をイジりながら笑わせていくっていうスタイルに変わっていくかもしれない。

「オマエ、何人だ？　あ、ユダヤか。オレもユダヤだよ。お互いヒドイ目に遭うよな。

でもさ、もっと可哀想なのは黒人だよな」みたいな話をして周囲の客を巻き込みながらウケをとっていくスタイル。ただ、こうした民族的なネタは、すぐに差別だとか言われるから、まだ日本では難しいかもしれない。

たとえば、一人で客席に向かって「最初に言っとくよ」とか言って。

「こいつには近寄っちゃ駄目だよ。こいつコロナを患ってるから。イスの裏をよく見てみろ。陰性か陽性か印がつけてあるからすぐわかるぞ……って、おい、本当に見てんじゃねえ。そんなヒドイこと書いてあるワケないだろバカ」とか、旬のネタで客をイジるとか、そんな芸になっていくかもしれない。でも俺たち芸人は昔から「客はイジるな」と師匠連中から教えられてきたから難しいところもある。

芸能・芸事の世界は、人気が主要だけど、その人気も社会の状態やテクノロジーによってコロコロ変わる。実力の問題じゃなく、それを取り巻く社会情勢すべてが関わってくる。

いずれにしても、漫才、芸人はテレビに始まり、コロナでスタイルが変わる――これは間違いないと思う。

志村けんちゃんは苦労人でした。おつかれさま。

『全員集合』を潰すための秘策

――『ひょうきん族』と志村けんについて

最初の漫才ブームに陰《かげ》りが見えてきたころ、フジテレビが「バラエティをやろう」と言ってきた。昭和56（1981）年のことだ。枠は土曜日の夜8時。

「土曜日の8時」っていったら、当時は日本中が見ていた怪物番組『8時だョ！全員集合』が絶対王者だった。

つまり、その王者と闘うお笑いバラエティをつくれないか、という相談だった。

俺はドリフを蹴落とすような番組にするにはどうすればいいかを必死で考えた。

いかりや長介・高木ブー・仲本工事・加藤茶・志村けんの5人組、ザ・ドリフターズの『全員集合』は、リーダーのいかりやさんを中心とした生放送で、完全予定調和型のコントを中心に1時間やりきるっていうスタイル。完璧になるまで何度もリハーサルを繰り返す。アドリブはほとんど使わない——こんな完璧な番組に対抗するには、同じ土俵で勝負しては勝ち目がない。むしろ、その「予定調和」を全部崩すという思い切りが必要じゃないかって思った。ドリフの世界観でいえば、これは「失敗だな」という番組をやりたかったんだ。

そんなコンセプトで生まれたのが『オレたちひょうきん族』だった。

たとえば、ドリフの場合はいかりやさんがツッコミを入れると、加藤茶や志村けんが予定どおりにボケる。その完璧な掛け合いのコントが売りになる。

それを、『ひょうきん族』ではツッコミに対して、「なんでそんなことしなきゃいけないの?」って逆らうようなスタイルにもっていった。「ちゃんとやってくれよ」って言われたら「嫌だよ」って返す。そのやりとりは台本にはない。つまり、カッチリ決まってない。それを躊躇《ちゅうちょ》なくやるから面白味が出てくる。

そうした空気はスタッフにも浸透していて、みんなワザと失敗する。急にマイクが天井から下がってきて「なんでマイクが出てきたんだ。バカヤロー」って俺が言う。これ、ドリフだったら絶対に怒られて「マイク、代われ」となる。こっちは、ワザとカメラは降りてくるわ、黒子であるADが画面に映って、それを「映ってるよ、オマエ」とか言ってイジるわで、いわばテレビの失敗例をジャンジャンやって、出演者もこぞって失敗をして、そのむき出し感を予定調和型のドリフの番組にブチあてたんだ。

言ってしまえば、ちゃんとしたお好み焼き屋と、ズボラなもんじゃ焼き屋の対決だね。「安っぽいけど、こっちの店もうめぇじゃねえか」っていうワケ。

この頃、テレビ文化は一つの成熟期を迎えていて、時代が何か次のもの、新しいものを求めていたんじゃないかと思う。ドリフの予定調和型コントというのは、それだけスタッフの意思の統率ができているから、セットや小道具一つをとってもホント、よくできていた。それを俺はぶっ壊したかった。

だから、もしも、テレビの時代が成熟期を迎えていなかったら、『ひょうきん族』みたいなあんないい加減なスタイルの番組はクレームの雨アラレ。「バカ野郎、芸もできねえくせに」なんて言われたに決まっている。だけど、こっちはドリフありきで壊したわけで、まあ、能に対する狂言みたいなもの。美川憲一がいるから、モノマネをするコロッケが生きてくるという感じで、両者が表裏一体だったと思う。

だから、ドリフがなかったら『ひょうきん族』は成立しなくなるっていうパラドックスがあった。それは確証をもって言える。

ドリフがなくなって『ひょうきん族』だけになったら、「オマエら、ちゃんと真面目にやれ」って言われるんだから。ドリフがあるから『ひょうきん族』が斬新なものとして感じられたワケで、学校行ってもドリフ派と『ひょうきん族』派と分かれたみたいなのがあるけど、結局のところ、ドリフなしには俺たちはあり得なかったんだ。

事実、俺たちがドリフよりも視聴率をとるようになって、『全員集合』が終わる（1985年）と、俺たちも自滅していく（1989年）。ドリフがいなくなって、俺たちがさらに好き勝手にやって歯止めがきかなくなって自爆しちゃったんだ。明石家さんまは暴走するし、俺は収録に行かなくなっちゃうし。

両者が絶妙なバランスで釣り合っていたのに、片方がいなくなったとたん、バランスが崩れて共倒れになったということだと思う。

それにしても、まさかケンちゃん（志村けん）が、ああいう形で突然いなくなるとは思わなかったな。

ケンちゃんは生粋のコント師だった。

いかりやさんを中心にコントが始まって、それに加藤さんが絡んで、ケンちゃんがぶつかって……みたいなコントの王道の「型」をやらせるとバツグンに上手かったよね。

さっきも書いたけど、俺らはどっちかというと亜流だ。

正直、『ひょうきん族』の「なんでもあり」のいい加減なお笑いで、俺らの方が人気者になってしまったので、ケンちゃんが得意とする正統派のコントは一時期は下火になった。だけど、ケンちゃんのコントがいつの時代も王道であったのは間違いない。

だからケンちゃんたちは、いかりやさんがいなくなってドリフ全体でやるコントがなくなったとき、『加トちゃんケンちゃん』でもそれなりの人気を得ることができた。

結局、ケンちゃんのコントって町中華の定番のシンプルな中華そばみたいなもの。

どことなく懐しく、今となっては尊い。ファミレスでデザートにナタデココだとかティラミスだとか、流行り物の派手なデザートが出てもいつかは飽きられて、結局、最後は昔ながらのアイスクリームに落ち着く。

このアイスクリームみたいに、いつの時代もなくならない存在なんだと思う。


ケンちゃんは苦労人だった。

いかりやさんのボーヤ（付き人）になった後、ケンちゃんはマックボンボンというコンビ名でコントをやっていた。オレの浅草時代と重なる。

ドリフターズの荒井注さんが年とってもう辞めるという時に、正式にドリフのメンバーに抜擢された。たしか24歳だった。だけど、ボーヤ上がりのケンちゃんは、メンバーとなってもずっと、いかりやさんからボーヤ扱いを受けていて、テレビ収録の移動のような時も、メンバーと同じ車ではなく大道具さんと一緒にされていたんだ。

一躍人気者になったのは、『全員集合』で「東村山音頭」を歌ってから。そんなこんなで苦労してのし上がったんだけど、ケンちゃんは結構、歪んだいかりやさんのやり方を、どこか引きついでしまったんだと思う。だって、同じドリフターズでも、出演のギャラは半分以上、いかりやさんが持っていったんだから。残りをメンバーで分けるんだけど、ケンちゃんは安かったと思うもん。

芸能の世界では、弟子とか目下のヤツに対する態度っていうのは、自分の師匠のやり方を引き継ぐものなんだ。自分の子を虐待してしまう親の多くは、実は自分の親から虐待された経験があるというのと同じ理屈。片岡鶴太郎は、師匠の片岡鶴八に散々イジメられて、だから今度は自分の弟子の春一番をイジメた。

俺は深見千三郎という、おっかないけど面倒見の良い師匠がいたから、俺も弟子には「バカ野郎、この野郎」って言ってるわりにはいちおう面倒は見ている。

だから生前のケンちゃんが、ダチョウ倶楽部なんかと飲んでて、彼らに明け方まで説教したり、ライターで火をつけてイタズラしちゃったりするのを聞いていたから、ちょっとこの部分は、いかりやさんの悪い癖を引き継いじゃったのかなと思うね。

芸人って師匠の了見が、そのまま弟子に継承されるんだよ。

ケンちゃん、おつかれさま。

「壊す」芸のさんまちゃん
突然変異のタモリ
俺も含めて、もうすぐみんないなくなっちゃうな。

さんまとタモリに関するホンネ
――俺以外の「ビッグ3」について

今思うと、（明石家）さんまちゃんに『ひょうきん族』やらないかって声をかけたのは、座長がいて、台本がある吉本新喜劇のようなコントが俺もアイツも嫌いで、その点で意気投合したからだと思うんだ。繰り返しになるけど、ドリフは生中継で計算された笑いをやってた。俺たちは、この「型」をなんとかしてぶっ壊す必要があったんだ。

要するにさんまの芸というのは、そのまったく逆で、今、目の前で繰り広げられているコントの、本当であれば客には見せてはいけない「裏側」をジャンジャン明かしちゃうというスタイル。アイツの目線は、常に同じ舞台でコントを行う当事者ではなく、もっと俯瞰《ふかん》でそのコントを見ているわけ。

もっというと、コントで笑わすのではなく、「今、台詞《セリフ》トバしました？　失敗ですやん」とか言って、流れを変えて、俺がそれにツッコミ返すと、「またまたコントの台本どおり喋っちゃって。本当は面白くないと思ってるんでしょ」とか言って返してくる。俺もそのままじゃ芸がないから、「おまえがやらないから、俺がやってやってるんだよ」とか言うと、さんまは即興で「じゃ、作家呼ぼうじゃないか」って、コントの中で本当は裏方である作家を本当に舞台に引っ張りだしちゃったりする。

裏側を全部、見せてしまうという手法。そんな構成は当時のテレビには一切なかった。そうすることで「型」を重んじるコントの面白さを曖昧《あいまい》にさせてしまうというね。

当時はほとんどの人が、「ドリフ」か『ひょうきん族』かどちらかの番組を見ていた。翌日、学校ではその話題で持ちきりなわけ。そうなると、ドリフのように、事前にある程度の「筋」が分かるコントは視聴者にしてみれば、オチが見えている分「新しく」映らなかった。『ひょうきん族』はその逆を突いた形だけど、実は新しいことをやったかというとそうではなくて、単に「壊した」だけで、何も新しいものは作っていないんだよ。

あの頃のテレビって毎日のように見るものがあった。だから、出来上がった「型」があれば十分にウケてくれるんだけど、ある時期から、壊したもののほうが興味をもたれる状態になった。これはスポーツの分野も同じで、試合よりも「裏話」を視聴者は見たがるようになったということじゃないかな。

阪神タイガースの江本孟紀が『プロ野球を10倍楽しく見る方法』（1982年）を書いてベストセラーになるんだけど、これは従来のプロ野球というものに対する「型」、つまり見方を壊した典型だね。当時のスポーツは、少なくともタテマエ上はフェアプレーによって行われているものであって、まさか「こういうバカな監督がいた」とか「あの選手はタレントの○○と不倫している」とか、スキャンダラスな悪口をこの世界に持ち込むことはなかった。けど、事実、そういう見方もあるし、野球の面白さを幅広い層に知らしめるほうが有効だったりもする。つまり、さんまの芸は「壊す芸」で、俺と意見が一致したんだ。けど、不思議なもので、当時は「壊してる」なんて感覚は一切なかった。

当時からさんまの話術は群を抜いていたね。大阪のお笑いって、基本的に誰かに合わせるという習慣がない。5人が舞台にそろったら、それぞれ好きなこと喋って、一番面白かったヤツが勝ち、みたいな土壌。そんな大阪でも、当時から、それを一番うまくやっていたのはさんまちゃんだった。

さんまちゃんは、今も『さんまのまんま』という毎回、違うゲストを呼ぶ番組で司会をやってるけど、どんなゲストが来ても、それなりに笑いをとる。仮にゲストがあまり喋らなかったとしても、アイツが一人で漫談のように喋って、それで番組が成立してしまう。大阪で漫才コンビ「紳助・竜介」として一世を風靡《ふうび》した紳助(島田紳助)も同じタイプだけど、紳助はさんまにくらべると毒がある。あの二人はトークをやらせたら抜群に上手い。

ただ、これは悪口じゃないけど……難を言えば、二人とも知性がない。

さんまの腕をもってすれば、辞めちゃった安倍晋三首相とでも笑いをとれるだろう。さんまのしたたかさがあれば「奥さんどうにかなりませんか」とか言えて、一国の首相から笑いもとれるんだろうけど、やらないよね。

政治とか科学とか、アカデミックな分野以外であれば、アイツは何でも笑いにすることができると思う。

タモリは俺やさんまのように寄席や劇場を経験したことがほとんどないという、その意味では異色のお笑いタレントだと思う。だから、大阪だとか、浅草の匂いがまったくしない。敢《あ》えて言うなら新宿だね。

アイツを見出したのは、当時、新宿を拠点にしていたミュージシャンやイラストレーター、漫画家だった。「天才バカボン」の作者、漫画家・赤塚不二夫に拾われたんだ。

タモリは「ものまね」が上手いけど、それ以上に「設定」で面白がらせるよね。アメリカ人、中国人、韓国人、日本人の4人で麻雀をやるという設定の「4ヵ国語麻雀」。あれは面白い。ただ、あれには元ネタがあってね、「インチキ外国語」のアイデアは藤村有弘。麻雀卓を囲むというアイデアは、佐々木つとむが得意とした「高倉健・鶴田浩二・渥美清・藤山寛美の4人が雀卓を囲んだら」という設定の声帯模写麻雀。イグアナのモノマネも、昔からマルセ太郎がやっていた。ただ、それらを上手に利用して、オリジナルな芸として見せることができるのがタモリのセンスだよね。意識してひとつ次元の高い笑いを目指していると思う。ただ、あれを面白いと言ってるヤツはみんなエセインテリだと思うけどね。

ツービートの時代に、俺も漫画家の高信太郎さんに可愛がってもらって、結局、『ひょうきん族』の台本作家にもなってもらうんだけど、この時代は俗に文化人といわれる人がお笑いに興味を持ちだした時代でもある。初めてお笑いがちょっと「アカデミック」になったとでも言ったらいいかな。そのときの一番の尖兵というか、新宿から送り込まれたのがタモリ。俺は浅草、大阪がさんま、タモリは新宿。

劇場にも出たことないし、一人舞台もほとんど経験のないタモリが上手いのは、なんといっても深夜番組とか企画ものの司会だね。バラエティというジャンルを確立した最大の功労者だと思う。俺やさんまとは出自が違うからバッティングしなかったんだ。

タモリは『笑っていいとも!』の司会として有名になるわけだけど、あれも面白い話があってね。もともと『いいとも』は、漫才ブームが終わって、次をどうしようかと言っている時に、B&Bが司会をやっていた『笑ってる場合ですよ！』の後継番組として始まった。その時、誰が『いいとも』の司会をやるのか、という話になって声がかかったのが、俺とタモリだった。

俺は断ったんだ。「バカヤロー、冗談じゃない。毎日なんてできるかよ」って。それで、タモリがやることに決まった。だけど放送は毎日だから、いくらタモリでも一人では持たないということになって、作家連中が集まって、「そうだ！まあまあ売れてるタレントをレギュラーにして日替わりで面白いことやろう」っていう話になった。「いいとも青年隊」とか作ってね。

タモリは司会に徹したね。お笑い芸人として『いいとも』では客を笑わせることはなかった。ただ進行役というか。それで、結果的に「文化的な立ち位置のお笑いタレント」として頭角を現すんだ。タモリの実績からいえば、『笑っていいとも！』しかないんじゃねえかってぐらい。あ、あと、まあ、音楽番組ちょっとやったりしたか……。

だから、32年近くも続いた『笑っていいとも！』の最終回に、俺は羽織袴の出で立ちでタモリに「表彰状」を読んだんだよ。

〈……イグアナの形態模写、4ヵ国語麻雀、意味不明なハナモゲラなどの卓越した芸で一部のエセインテリの集団から熱狂的な支持をうけ、あれよあれよという間に国民的人気番組の司会者にまで登りつめました。（中略）タモリさんも何の心配もすることなく、二流とも三流ともつかない芸人しか出ないといわれている『タモリ倶楽部』に全精力を注いで頑張っていただきたい〉

フジテレビって「ビッグ3」で相当、稼いだんじゃないかな。正月には「タモリ・たけし・さんまBIG3 世紀のゴルフマッチ」とか名前付けて、英語を話したらいけないゴルフとか、あれは全部、オイラの企画で、俺とさんまが必死にボケて回るんだけど、タモリはあんまり喋んないの。あれ、優勝すると200万円だか賞金が出てね、いつもタモリが持っていった。毎回、必ずタモリが持って行きやがるって、俺はさんまと怒ってたよ。

でも今考えると、3人がまるっきり種類の違う面子《メンツ》だったから、それぞれ世界を棲み分けることができたんだな。年齢では俺よりタモリが1つ上だけど、芸歴でいえば俺、さんま、タモリの順番なんだ。俺らもそのうちいなくなっちゃうし、あらためて考えると、お笑いが天下を取るという時代は、やっぱり終わるのかもしれないな。

危うく死人が出るところでした。

俺が考えた史上最悪の企画を語ろう

――黄金期のテレビ番組について

基本的に芸人というものは、誰もが「自分が一番、面白い」と思っている。それをテレビの視聴者に押しつけているだけ。俺もそうだ。

俺は「テレビの視聴者を意識した番組は作らない」っていうのが信条だった。だから、ずいぶん制作会社のプロデューサーとケンカもしたんだ。

「こういうのどうですか？」と企画をもってこられても、自分が面白くないと思えば断った。すると、たいていは「やってみてくださいよ。絶対に面白いですから」とか言われるんだけど、「俺が嫌なんだから、やりようがないだろ？　俺が面白いと思ってないのを無理にやってみんなが笑ったら、俺は何なんだよ。だから、やんない」って突き返してた。

　もっとも、自分が面白くないものはやらないと思っていたからこそ、やりたいことにこだわりすぎてテレビ局的には大失敗っていう事件もいくつもある。

　新聞のラジオ・テレビ欄に、テレビ批評とかのコーナーができて、俺の番組を名指しで「あれはひどい内容だ」とか言われだしたのは、平成に入ってからだ。あの頃のテレビって文字どおり「何でもアリ」の世界だった。

　自分が関わった番組の企画で一番、ひどかったのは、熱海の港を借り切って、バスを海中に沈めちゃった事件。

　これ、今でも忘れないけど、埠頭《ふとう》に、日本一高いクレーンに吊られた2台の観光バスを用意して「○」と「×」の印がそれぞれついてる。回答者の芸人たちに、今からクイズを出すから、正解と思う方のバスに乗れと。間違ったバスに乗っているヤツは、そのまま海に沈めるというネタだった。

どこからみても、「○」のバスは新車で、「×」のバスはスクラップ寸前の錆びたボロ車。クイズの答えに関係なく「×」の車が沈められると最初からわかってる。この時はダチョウ倶楽部がゲストだったんだけど、俺はハナから「×に乗れ」と指示を出している。ダチョウはウマいから、わざとらしく「○」か「×」かで迷う。それで、最後は打ち合わせどおりに「×」に乗った。

「正解は○でした。あ、×の方、残念でしたね」って、一日のレンタル料が150万円とかいう高いクレーンでグーッと持ち上げてオンボロバスを熱海の海に沈めた。ところが、そのときちょうど台風が来てて海が大荒れで、バスを引き上げたら乗ってるはずの芸人が3人ほどいなくなってた。沖合に流されてて慌てて救命ボートで助けに行ったんだ。

あのときはプロデューサーもみんな始末書を書いて、熱海の警察に相当怒られた。とりあえずオンエアできたけど、再放送はできないらしい。

あとは芸人が熱川バナナワニ園のワニに餌付けをするという企画があって、高いところから素手で鶏肉を与えるんだけど、実はワニってすごいジャンプをするんだ。まさかワニがそんなに跳ぶなんて知らなかったから、芸人にやらせたら、本当に、本当に間一髪のところでその芸人の腕がなくなるところだった。

タレントの家に泥棒に入るって企画も今から考えるとひどかった。管理人を口説いて合い鍵もらって、何かお宝を盗もうとしたんだけど、泥棒役の芸人が家にしのびこんだら、家人のタレントに気づかれて大乱闘になっちゃった。

これも警察で始末書を書かされたね。

こんなムチャクチャだったけど、当時はまだ視聴者がテレビを大事にしていた時代、テレビを無条件にいいものだと思っていた時代だった。テレビに出ていることがそのまま人気の象徴で、出てると出てないでまったく扱いが違っていたというか。

エンターテインメントがテレビ中心に回っていた時代だった。

この頃は、俺の番組の平均視聴率は20パーセントだった。20パーセントを切ると「調子悪いね」と言われ、15パーセントになったら「やめようか」と言われた。いま、

15パーセントも取ったら万々歳だけどね。

いちばん凄かったのは大橋巨泉さんとやった『世界まるごとHOWマッチ』。あれは30パーセントだ。それが29パーセントに落ちたときに巨泉さんが「何やってんだ、おまえら」って真剣にスタッフに怒鳴っているワケ。急遽《きゅうきょ》、反省会だ。そこで「これから、どうしようか」って話し合ったりしてね。まさにテレビの黄金期だ。だけど、この番組は巨泉さんがアメリカから輸入したネタだった。巨泉さんの番組って基本的にアメリカでやったものをパクっただけだから。

この時期をピークに視聴率は年々落ちていくが、俺はこの時代を自慢したいんじゃない。このころからチャンネル数が増えたり、テレビ以外のエンターテインメントが出てきたりしたのだから視聴率は落ちるに決まってる。昔と今を単純に比較するのは意味がない。

当時の俺は視聴率は20パーセントあれば十分という認識だったし、それ以上というのはかえってイヤだった。テレビという世間に取り込まれた気がしたから。要するに

『紅白歌合戦』のような定番になるのが嫌だった。「見たい人が見る」というのが普通で、昔の『紅白』のように癖や習慣で見られても、こっちは面白くない。

その意味では本当にいい数字、つまり分かる人には分かる番組を作ろうと思ったら、ベストは15パーセントだろう。でも、当時はそれでは番組の存続が難しい時代だった。

今だったら提灯行列が出るくらい喜ぶけどね。


あの頃は『天才・たけしの元気が出るテレビ!!』とか『風雲!たけし城』『ビートたけしのスポーツ大将』とか、週一の番組4本を2日間で作っていた。だから、今の番組とか見ても、これは珍しいな、新しいなっていうものが特にない。

テレビの忙しい時代に、『たけし城』から何から全部企画して型を作った自信はある。

『元気が出るテレビ』はその後パーツ分けされて『電波少年』や『世界の果てまでイッテQ!』や『無人島0円生活』になったり、『SASUKE』は『たけし城』のアレンジだよね。『スポーツ大将』はその後のアスリート参加型のスポーツ番組の先駆けだと思う。

『スポーツ大将』を作ったときに、棒高跳びの選手に出演してもらうために岸記念体育会館に行ったら「そんなテレビのバラエティに出すワケないだろ！」ってエライ剣幕で怒られたけど、今じゃあジャンジャン出てくる。

スポーツ界のやつらって、本当にいい加減だなと思ったね。

2000万円のセットが一瞬で消えるところに
お笑いの真髄があります。
2000万円のものを2000万円分見せたら
面白くなりません。
お笑いは「落差」なんです。

有料化以外に生き残る道はない

――テレビ番組の末路について

今のテレビ番組がつまらなくなった理由は二つある。文句やクレームを極力避けようとするコンプライアンスの問題、そして減り続ける予算の問題だ。

コンプライアンス、文句はやたら多いんだ。でも番組予算はやたら少ないんだ。

昔だったら、番組への文句はほとんどテレビ局のところへ行ったけど、今では、直接スポンサーのところにクレームが来るようになっている。テレビを見ている人間に知恵がついて、どこに抗議すればもっとも効果的かを学習したんだ。テレビ局に来るクレームなら局でもうまく対応できるけど、スポンサーに「もうオマエんところのモノは買わねぇぞ！」って直撃されたら、テレビ側としてはどうしようもない。

こうなると番組も芸人も「演《や》れないネタ」がジャンジャン増えていく。たとえば、楽屋には「本日のスポンサー」っていうのがズラッと書いてあったりする。トヨタやサントリーなんかが書いてあると「酒飲んでクルマ乗った」とか「車ではねちゃった」とかは喋れなくなる。さらに化粧品とかインスタント食品とかがスポンサー名に書いてあったりすると……もう喋るコトねぇだろ、コレ、みたいな話になっちゃう。だから、その中をかいくぐって話をしなくちゃいけない。

「最近の芸人はつまらなくなった」とか言うけど、そうじゃなくて、きわどいネタを話すのを許してくれるスポンサーがないっていうことなんだ。

俺らに言わせりゃ、一部のバカな視聴者、大したお笑いのセンスもないヤツ、ごく当たり前のヤツが少々文句言ってるからって、スポンサーの意向とかでジャンジャン規制されちゃって、その都合に全部合わせるようなお笑いになってくるんだから、そりゃあ、つまらなくなるに決まってんじゃないかっていう話。

ＳＮＳの影響も大きい。視聴者がＳＮＳとかを通じて「参加者」になってきている。自分も同じ立場になったつもりで「ふざけんな」「けしからん」って怒っているうちに、いつのまにか関係のない人間までがテレビの当事者になっている。その結果「こんなことをテレビが言っていいのか」みたいに、客観的な視点を離れていくから大量の文句につながる。ネットの世界には一部のユーチューバーやタレントのように、わざと炎上させて騒ぎを煽《あお》り立てることを仕事にする人間もいるので、それだけ文句を言う人間が増える。

その結果、一つの意見が70パーセント正解だとすると、残りの30パーセントの部分を嫌う人間が文句を言うから、言葉の幅がジャンジャン狭くなってきて、テレビなんかはどうしても無難な方向へ行くようになる。

予算、制作費の問題も大きい。

1時間の番組だったら、1時間半か2時間ぐらい撮って編集して、良いところを選りすぐって1時間の尺に収めて流すっていうのがこれまでの作り方だった。だけど、今では2時間撮ったら、まったく削らずに2時間スペシャルにして流しちゃう。そうすると出演者へのギャラから諸経費にいたるまで全部安くなる。要はコスパの問題だ。

そうやって番組の予算がジャンジャン薄まっていく上に、コンプライアンスとか言ってさらに内容まで薄くなっていくわけ。テレビ番組が水に近い水割りみたいな感じになっていく。

「おい、ホントに酒入ってんのか、これ」みたいな時代だね。

制作費もどんどん削られていく上に、電通とかテレビ局とか上前をはねるところが3ヵ所も4ヵ所もあるから実際に現場に来るカネっていうのは当然ながら安くなる。だから、いい番組を、濃い番組を作ってくれって言われても予算がないから作れない。

昔のドリフ番組の美術さんとかはすごくて、いかりやさんが、いちいちセットに文句をつけて「直せ、直せ」って言えば、美術が全部直してた。だけど、今俺らが「このセット直してよ」って言っても「予算がありませんよ、これでやってください」だもの。

お笑いっていうのは、要するにムダなことっていうのがお笑いであって、2000万円かけたセットが一瞬で消えたりするところにお笑いの真髄《しんずい》があるわけ。2000万円のものを2000万円分見せようとしても面白くはならない。

基本的にお笑いって「落差」だから。オチをつけて「落とす」わけだから。

とんでもない高いものが一瞬で粉々になって、もうダメだっていう顔を撮って笑うようなもので、それを大事に拾って集めているようなお笑いっていうのはありえないんだ。

「コンプライアンス」と「予算」の問題、この二つを同時に解決するには、テレビを有料にするべきだと思う。完全有料にして、タレントにきちんとお金を払って週一の番組1本で食えるようにする。ひな壇に芸人やタレントが10人も15人も座って、ゴチヨゴチヨ顔だけ出して、はした金もらって終わりみたいな番組が多いからうるさくてつまらない番組が多い。

企業のスポンサーが不要になるから、「嫌なら見るな」というだけで、いろんな会社の悪口も自由に言えるようになる。「この映像には過剰な演出が含まれております」とか「あくまでも個人の意見です」とか、テレビでは注意書きみたいなテロップが出るけど、俺だったら「この番組はバカな人は見ないでください。なお、自分は利口だと思って見てもわからなかったら、貴方はバカです」ぐらいのテロップを入れて、それで番組を始めたほうが面白いんだけど、これも有料テレビなら可能になるだろう。

第2章

人間ってやつは

「カネっていうのは汚いものなんだ。
不浄なものを手で触るか？」

いくつになっても忘れない母親の教え

――カネと貧乏について

母親が厳しくてね、ペンキ屋だった親父は呑んだくれでどうしようもなかったこともあるけど、うちは母親を中心とした封建制みたいなところがあった。

とくに厳しかったのが食事。大学行くまで家でご飯を食べるのが儀式みたいで嫌だった。箸《はし》の使い方ひとつとってもうるさかった。貧乏のくせに。

「そういう迷い箸をやめろ」とか母ちゃんに言われて叩かれて、「迷うほどねえじゃねえか」って言ったら、また殴られて。「おかずがコロッケ1個なのにどうやって迷うんだよ」って言ったら「はい、じゃあ食わないね」って持ってかれちゃうし。それ以来、黙って食うようになった。

コロッケっていっても、肉なんてほとんど入ってないジャガイモだらけのやつだ。これにソースをベチャベチャにかけて食う。「母ちゃん、ご飯」って言ったらコロッケ。「またコロッケかよ。たまには別のものないの」とか言うと、すごい怒られた。「今の立場じゃあこれしか食えないんだよ」って。「ご飯を食べて生きていかれることが幸せなんだよ。それがうまいマズイなんて言ってるばあいか。うまいものが食いたきゃ、自分で稼いで食べな」ってそういうことは繰り返し言われた。

子どもの頃から母親に叩き込まれた躾《しつけ》っていうか、教えられたことは、大人になっても影響するものだ。

人と会うときに、向こうが高級な料理屋を予約してくれていることがあって、行くんだけど、何歳《いくつ》になってもそういう店は居心地が良くない。なにかサービスを受けるたびに「すみません、すみません」って謝ってばかりいる。どうしても慣れない。

ワインとかも、高そうなメニューを見て「じゃあ、これ飲むわ」とか言うけど、にわか成金みたいで落ち着かない。もっと安い店で好き勝手言いながら飲むほうが断然楽。

店の人に向かって「これはうまい」「マズイ」って言うのも苦手。これは何年のナントカだとかウンチクたれて、ソムリエ呼んで威張っているオヤジがいると頭抱えるね。「何年のブルゴーニュは天候がよかった」「保存の方法が違うね」とか。

味覚なんて慣れだから自分もそれなりに味がわかるようになったけど、この前すごく高いワインを飲んだらこれがまたマズくて。それでもソムリエに「これ、アンタ飲んでみろ」とはやっぱり言えない。内心ではこんなものに何万円も払うのかと思うとバチが当たると思ったけどね。

食べることと同じぐらい、母親に厳しく言われたのが排泄。トイレだ。俺はいまだに、入った店のトイレがちょっと汚かったりすると思わず掃除してしまうのだけど、これも母親の影響が大きいと思う。「あんたが自分で食べたモノだろ。口に入れたものが汚いわけない。だからちゃんと掃除しろ」って子どもの頃にしつこく言われたからだと思う。

ウンコは汚くない、って言われたけど、その反対に「カネは汚い」「カネは下品だ」

っていうことも母親からよく言われた。

うちの母親は、もともと千葉の貧しい田舎の出身で、12〜13歳で奉公して女中頭まで いった人だけど、「奉公先の坊ちゃんはお金のことを知らなかった」「欲しいものを何でも買い与えるんじゃなくて、『これはダメです』っていうのは私の役目だった」とよく言ってた。

母親は教育なんか全然受けられなかったはずだけど、とにかく「カネは汚いものだ」っていう考え方ははっきり持ってた。汚いものなんだから、お金の計算なんて、自分の女房とか秘書にやらせておけばいいんだ、自分はカネのことを言っちゃいけない、ってね。

「カネは汚いんだよ。不浄なものを手で触るか?」っていう感じ。

お金っていうのは、あれば何でもできるって思ってしまうし、だけど、そのしっぺ返しはすさまじいし、ハナっからないものだと思えっていつも言っていた。

こんなことばっかり言われ続けてきたせいか、俺はカネの勘定は基本的に自分ではやらない。売れない時代に「ギャラが安いじゃねーか」みたいなことは言ってきたけど、それは芸人として食うために言ってきたことだから。

「食べたいときに食べたいものが食べられる程度のカネがあればいい」ぐらいな考えでずっとやってきた。だから売れた後でも、すごい贅沢をしたという記憶はあまりない。

あえて言うなら、売れた直後にどうしても欲しくて買ったポルシェだ。

大学時代、周囲には田舎の金持ちがいて、そいつらが日産とかトヨタの新車を乗り回しているのを見て、クルマがありゃオンナにモテるだろうな、いずれクルマ買ってやるって強烈に思ってた。

漫才師になって売れたあと、ジェームス・ディーンがポルシェで事故死したっていう映像をテレビか何かで見て、突然「そうだ。ポルシェ買うぞ」って思い立った。さっそくディーラーに行って即金でカネ払って、さあ、乗って帰るぞと思ったら止められた。

「すみません、ナンバーも何もないんですけど……」

「買ったんだからいいじゃないか」

「いや、ダメなんです、たけしさん」

「なんで？　カネ払ったじゃないか。早く出せよ」

「ダメです」

笑い話みたいなもので、ずいぶん周りに笑われたけど、そのとき思ったのは「ドリーム・カムズ・トゥルーなんて嘘だな」ってこと。だって結局は自分で稼いだカネだもの。

漫才師になって、毎日毎日、必死にキャバレーやドサ回りに行って、酷い目にあいながらテレビに出るようになって、やっと金稼げるようになってポルシェ買って、それで「夢が叶った」なんてバカじゃねえかって。

当たり前じゃないのって。

ポルシェぐらいかな……どうしても自分で買いたくて買っちゃったものは。

もちろん奥さんに買ってもらったものはいっぱいあるよ。それでも、自分が稼いだ金だから興味ないよね。それに離婚の時に前の奥さんに全部持っていかれたし……。

家も俺はあまり興味ない。嘘じゃなくて、いまだに浅草の三畳間が恋しいもの。だって、寝返りを打てば、なんでも必要なものに手が届くじゃない。蛍光灯のヒモ引っ張って電気消せた時代が恋しい。

今の奥さんと一緒になって、家建てないといけないことになって、いったん更地にして建て直した。1階は駐車場で、その上が家。場所柄、学生も多く見物人が多くてね。だから塀を高くしちゃって、福岡のヤクザみたいになってしまった。

家を建てた本当の理由は「犬」。俺は今、犬を飼っている。ずっと鎖につながれているのは嫌だろうから、家でも自由に走れるために50坪ぐらいの庭を作った。俺のためというより、犬のためにはいいかなって。

犬の嫁さんも要る。人間の都合で去勢するのは可哀想でしょ。犬に生まれて、そういうことを一切せずに去勢されて死んでいく犬、可哀想だと思って。

だから犬御殿だね。

生前の母親の話に戻ると、「テレビで『ばあさん死ね』とか、よくわかんないこと言って、お前は本当にしょうがないね」とか言われたけど、内心では嬉しくてしょうがなかったみたい。

俺が笑い話にしているのは、母親が友人たちと鬼怒川とかに温泉旅行に行った時の話。ホテルにチェックインするときとかに、誰も自分のことを紹介しないと、わざわざフロントで電話を借りて、「タケシか？　あたしだよ。オマエ、ビートたけしか？　ツービートのたけしか？」ってデカイ声で喋る。すると、フロントの人が「え？　北野さんって、あのツービートのたけしさんのお母さん？」って騒ぎ出す。で、母親が得意げに、「あれ？　なんでわかったんだろう？」って。

同じように、フロントにわざと俺の宣材写真を置いて「これ、ウチの倅《せがれ》なんですけど」とか、いろんなことをコソコソやっていたっていう噂があった。

あるとき、「オマエのおかげで、みんながよくしてくれるよ」って言ってニコニコしているから、ああ少しは親孝行できたかなと思っていると、「みんなにチップをあげなきゃいけないから小遣い寄越せ」だって。
「お金は汚いものなんだ」っていう教えは何だったんだ、って思ったね。

親父は毎回同じコースで飲み歩いていました。
安酒場、パチンコ屋、スナック……
これらの店を逆にたどれば必ず酔っぱらった親父がいました。
私はそのルートを「けもの道」と呼んでいました。

ささやかな幸せがあれば、なんとか生きていける

――ありし日の家族について

「なんで、ウチの父ちゃんはサラリーマンじゃないんだろう」

いつもそう思ってた。

ペンキ屋だった父親は、貧乏なくせに、毎晩酒飲んで帰ってくるから、普通の家だったら普通にあるような「家族団欒《だんらん》のお茶の間」っていうのが北野家にはなかった。

俺が住んでいた足立区の島根町は、もともと職人が多いところだったけど、高度経済成長の前後から、都心には土地が買えないようなサラリーマンが少しずつ家を建てるようになって、学校にはサラリーマンの家の子も多かった。

他の家の子の何が気になるかっていうと、まず小遣い。

サラリーマンの家はたいてい小遣い制で、月に1回いくらってお金がもらえる。ウチの場合は、金が入った時にくれるだけだから、ない時は一銭もない。「カネくれよ」って言うと「父ちゃんが今働いているから、あと3日ぐらいしたら給料もらえるから、いくらかやるよ」っていう感じだった。

休みだって、普通の家だったら日曜は父親が家にいるのに、ウチの親父は日曜も働いている。しかも、父親の仕事を手伝わされたりもした。

俺は野球がやりたくてしょうがなかった。

友達はみんな近所で野球やって遊んだり、家族でどこかに出かけたりしてたのに、俺だけなんでペンキを塗ってるんだろう、って嫌で嫌でしょうがなかった。

足立区の梅島駅の近くにあった俺の家から、山の手といわれる都心に出かけるには二つの川を渡らなければならなかった。ペンキ屋の父親には、そもそも山の手に行く用事なんてない。日雇い仕事の工事現場は、橋を渡っても上野止まり。父親の縄張りは、梅島駅から千住大橋の手前までと決まっていた。おそらく父親が東京駅を間近で見たのは生涯、何度もなかっただろう。

職人の世界には結構ハッキリしたヒエラルキーがあって、大工の棟梁が一番偉くて、その下ぐらいに大工や左官屋あたりがいる。ペンキ屋とかサッシ屋とか電気工事の配線屋はランクが低くて、他の業者から軽く見られたりした。左官屋が先にカベを塗ったあとに、配線屋が頭を下げて一部を壊して配線しなきゃいけないとか、そんなことが日常茶飯事。

「父ちゃんに給料入ったから迎えに行ってきな」って、母親に言われて、父親を探しに行くのが日課みたいなものだった。

親父は、毎回同じコースで飲み歩いてた。

まず信濃屋っていう安い酒場で飲んだくれて、そのあとは金竜会館とかいうパチンコ屋で打って、そのあとは紫っていう名前のスナックへ流れる。だからその逆をたどれば、必ずどこかで発見できた。

このルートを俺は「けもの道」って呼んでた。

親父は気が弱いから、いつも同じところで職人同士集まって、味噌と焼酎と酒でワイワイやってた。お人よしのところもあって、元気がない仲間を見かけると、すぐ飲みに誘ったりして奢《おご》っちゃって。奢るカネなんかないくせに。

それでいて、今度は、自分が本当にすっからかんの時に、「オレはさんざん奢ったのに、誰もオレを飲みに誘わない」なんて一人で怒ってた。

いつもの信濃屋に行くと、親父は酔っ払ってて上機嫌。

「おお、たけし、どうしたんだ」

「母ちゃんが早く帰って来いって」

「なんだ、バカヤロウ。兄貴はどうした？　帰ってきたか？」

「まだ帰ってない」

「なにぃ、どこから帰ってきてないんだ」

いつも、おなじオチにむかってゆく。親父は俺に、長男が「大学」から帰ってきてないことを言わせたくて、こんな会話をしていたんだ。

「おい、たけし、兄ちゃんはどこから帰ってきてないんだ！」

でもって俺が「大学！」と言うと、周囲の職人の親父を見つめる目が一変する。

「えーっ、北野さんのとこの倅、大学に行ってるんだ」

この時代、足立区のウチの周囲で大学に行ったなんてのは、そうそういなかった。そりゃ、すごい、と驚く職人仲間をよそに、親父は上機嫌で酒を飲んでいた。年がら年中、金はなかったし、欲を言えば親父も言いたいことはたくさんあったと思うけど、まあ人生は及第点だったたと思う。

北野家は貧乏だったけど、不幸ではなかったと今でも思う。


貧しかったけど、テレビだけはあった。一番上の兄貴が大学卒業後に技術者になって、そのコネもあってテレビは安く買えた。両脇にスピーカーのあるステレオタイプ。レースの編み物とか被せちゃって、仰々しく観音開きを開けたりして。

力道山のプロレスや、ボクシングの白井義男の試合とかには、もう俺の家が映画館みたいな状態になって知らない奴がどんどん家に上がり込んで。それを、またウチの母ちゃんが、お茶を出したり、煎餅を食わせたりして。

「こんなことなら、入場料取りゃよかった」って父親が溜息をついてた。

俺はそのテレビの恩恵を受けたかというと、子どもだったからそうでもなくて。あの当時のテレビって、放送時間帯がお昼とゴールデンタイムだけとか決まっていた。テレビ局の数も少なかったし、テレビで喜んでいたのは兄貴たちだね。テレビよりも風呂屋で遊ぶのが楽しかった。

俺の家には風呂がなかったから、風呂屋に行って1時間おきに湯舟につかったり、籠の中から他人のパンツをとって穿《は》いてみたりして「汚ねえな」って怒られたり。風呂屋の前には蜜柑《みかん》屋や蕎麦《そば》屋とかが並んでいて、その路地で遊んだりして、気がついたら5時間ぐらいいたってたなんていうことがザラにあった。

ガキのころから貧乏っていうのはなにかと辛いけど、空き地でたっぷり野球して、テレビで長嶋茂雄を応援して、家族でメシを食って、明日何かいいことがあるかなと思いながらぐっすり寝て、そんなささやかな幸せがあれば、人間生きていけるんだとも思った。

親や家族には感謝の気持ちしかないね。

あんなに学生運動をやってた奴らが
卒業していい会社に勤めて
「いま電通にいるんだ」って……何だよそれ！

学生運動で思い知った「親の情」と「人間の限界」

――学生活動家について

1960年代後半、俺の学生時代には全共闘の大学紛争があって、学生運動に身を投じる人間がたくさんいた。俺もちょっと加わったことがあったんだけど、はっきり言って目的は「女」。とにかく女にモテたい、やりたい一心だった。

「明大の記念館に行くと女の闘士がいて、夜やらせてくれる」っていう噂があって。で、期待して記念館に立て籠もったら機動隊に囲まれて、催涙弾投げられて夜中じゅう逃げ回って女どころじゃなかった。

だから新宿騒乱事件も、マルクス・レーニンなんかもどうでもよかった。そもそもマルクスなんて読んでないから、「みんなでインターナショナルを歌おう」なんていう時も、俺は軍歌を歌ってた。

　俺が所属する工学部は社学同（社会主義学生同盟）系だったんだけど、変なヘルメットもらってマスクをして角材持ってデモに参加したら、いつのまにかデモの先頭に立っちゃって。前からは機動隊の棍棒、後ろからは仲間の角材で両方からバシバシ殴られて「これじゃ女にモテるどころじゃねぇ」って慌てて隊列の横から逃げだそうとしたけど、なかなか抜けられなくて往生したね。


　そんなこんなでロクな思い出がない。

　学生運動で使うヘルメットを下宿先の部屋の前に置いておくと、大家が家賃を取りにこない、っていう噂があって、実際に置いておいたら半年ぐらい本当に来なかった。

「こりゃいいや」と思って。

　ある時、大家さんに会って「ありがとうございます」って言ったら——。

「北野君、君、部屋代のことわかってんのか？　普通、部屋代を半年もためる奴いないだろ。普通は出ていけって言われるだろ？」

「もちろんです。大家さんがいい人でよかったです」

「いや、そうじゃないんだ。アンタがここへ引っ越してきたとき、しばらくしてアンタの親が来てね、『どうせアイツは払わないから、家賃出さなかったら、私に請求してください』ってお母さんが言ったんだよ」だって。

そんなことまったく知らなくて、ああ、また母ちゃんにやられた、と思ったけど、「すみませんでした」って謝ったら「少しは親を大事にしろ、バカ！」と大家に怒られたりね。


まあ、俺の学生運動体験なんて、こんなもんだけど、そのときから常々思っていたのは、「学生運動している奴らって、イデオロギーとか本当に信じてるのだとしたら頭が良くないな」ということ。

具体的にどういうことかというと、それが俺の「笑い」という感覚の原点にもなっているので、この点については、芸論に関した次の第3章であらためて書くことにしよう。

俺は新宿のジャズ喫茶でボーイをやっていた。その店には全共闘の活動家なんかも入り浸っていたけど、奴らの多くが卒業と同時に店に来なくなった。

後で聞いたら、トヨタとか不動産屋とか、かつて奴らが資本の走狗《そうく》だとか言ってた会社にちゃんと就職していたんだ。結局、今もトヨタの下請け会社の社長をやっていたりとか、結構いい商売をしている。電通に入ったヤツもいて、「やぁ北野、懐かしいな。いまオレ電通にいるんだ」とか言われて「お前、よくそういうことが言えるな」みたいに思った。

その時感じたのは、「安保反対」とか「沖縄返還」とか言ってたくせに、あれはいったい何だったんだ、結局遊びだったんじゃないのか、みたいな思いが一つ。お前らも、所詮は女にモテたり、自分たちの仲間が欲しかった、みたいな動機で運動してたんだろ、という思いが一つ。

意識の高い学生もいたんだろうけど、結局彼らの大半は未熟だったということだよ。

資本主義の幸せ度っていうのは、
捻じ曲げられた金儲けの手段としての幸せ度。
実は人間の幸せなんて大して変わらないのではないでしょうか。

「人間って結局わりと平等なんじゃないか」説

――人生の平等・不平等について

芸人になって売れ出して、酒も女もわりかし自由になったころのことだ。あるとき浅草で飲んでたら、同じ店の中に、気持ちよさそうに飲んでる土方の親父がいた。一仕事終えた後らしくて、本当にうまそうに酎ハイを飲んでて。隣には、どこで引っ掛けたのか、浅草のキャバレーにいるような汚い年増のホステスがいたんだけど、その二人がまた仲がいいんだ。

その姿をぼんやり眺めているうちに、「ひょっとしたら、売れてる今の俺よりも、このオヤジのほうが幸せなんじゃないかな」って考えこんでしまったことがある。

いくら高いいい酒だって毎日飲んでれば飽きる。安酒でもずっと我慢した後で飲む一杯のほうがずっとうまいだろう。

女だって同じ。ひさしぶりの土方のセックスや刑務所上がりのセックスは、いつもセックスしている俺たちのより気持ちがいいはずだ。だから、あのオヤジの酒のほうがうまいだろうし、あの年増のホステスとのセックスは、俺のセックスよりずっと気持ちがいいんだろうな、人間うまくできてるもんだなあって思った。

そうじゃなきゃ人間不平等だもんなって、妙に納得した覚えがある。

不平等だ、格差社会だ、階級だとかいろいろ言われるけど、最後の最後になって平等になるのだけは間違いないよね。どんな貧乏人でも金持ちでも死ぬことには変わりはないし、人間死ぬことは選べても生きることは選べないっていうのも平等。

「金持ちに生まれたのと、貧乏人に生まれたのとでは全然違う。不平等じゃないか」っていうけど、俺はあまりそうは思ってなくて、金持ちに生まれたヤツには欠けている部分を、貧乏人に生まれたヤツが持ってたりするから、意外に平等にできてるんじゃないかと思う。

この前、番組でスティーブ・ジョブズを取り上げたときに、思わず「いくら儲けたか知らないけど、あれだけ金持ちなのに癌一つ治せなかったじゃねえか」って言っちゃった。「アップルだのスマホだの作って、世界中の人間から個人情報とカネをとことん吸い上げて大金持ちになったくせに、いくら金持ちになったところでカネ持って死ねないよ」って。

たしかに、資本主義の世の中になって、超がつくぐらいの金持ちが出てきて、一方では貧乏人もたくさんいるわけだけど、この超大金持ちでも「死」の問題だけは解決できない。死ぬのがどうしてもイヤな海外の金持ちの中には、死んだあと、自分のカラダを冷凍保存しているようなヤバイ奴もいる。将来医学が進歩したら、生き返らせてほしいって。そんなこと出来るわけないいじゃないかって思うけどね。

今の資本主義の社会では、見た目とか、クルマは何に乗ってるとか、どこに住んでるとか、そういうところだけで幸せ度を測ってしまうんで、それはテレビやネットのCMなんかの悪い影響だと思うけど、いい家に住んでたら本当に幸せなのかって思う。

独りぼっちで高級住宅に住むより、汚いオンボロ長屋だけど、みんなでワイワイやってるほうが断然幸せだったりするわけで。

資本主義の幸せ度っていうのは、捻じ曲げられた金儲けの手段としての幸せ度であって、今の世の中、そんな幸せばっかり全面展開されてるけど、実は幸せなんて、大して変わんないじゃないかという気もする。

ＣＭにダマされて、やっぱりマイホームだなんて言って、町田の先のよくわかんない駅あたりで一軒家買って、毎日小田急の満員電車で都心まで出て、会社に着いたらほとんどヘタばって、帰りは帰りで痴漢に間違えられて大変な目に遭って、それでも「やっと一家の主です」なんて言ってたオジサンがいたけど、そんなら都心にアパートでも借りたほうがいいんじゃないかって話。

ただ、世界共通の現象として「中間層」がいなくなっている、金持ちと貧乏人とに大きく分かれる、二極化されている、っていうのもまた事実だと思う。リーマンショックで税金使って救済された大銀行の奴らは、それまで悪質なサブプライムローンで貧乏人からさんざん巻き上げたくせにその責任は一切とらなかった。

スマートフォンを世界中の人間に持たせたというのは、犯罪ではないけれども、スマホの会社からしたら錬金術のようなもので、金儲けの手段としては見事だと思う。世界中の奴らが携帯使用料を払うから、元締は黙っていても天文学的なカネが懐に入ってくる。これはすごいことで、まさにスマホこそ、奴隷の手縄《てなわ》や足枷《あしかせ》みたいなものだと思うね。

絶対に上昇できないような貧乏人を大量につくって、奴隷としての彼らのカネをできるだけ広く大量に集めて、ごく一部の人間の懐を無尽蔵に膨らませる——という救いようのないシステムをITやスマホが造ってしまったんじゃないかな。

その結果、こうした金持ちの一部が儲けるだけ儲けて、あとは知らんぷり、中間層は要らないという時代がますます現実化している。今でもかなり酷い時代だと思うけど、この流れが進めば、やがては0・00001パーセントの人間が、他のすべての人間を奴隷にして、AIと奴隷を使って暮らすような時代が来るだろう。

貧乏っていうのも、昔と今とではちょっと違う。

それは、昔のように、コミュニティ全体が貧乏で、一人一人が貧乏に気づいていないという状態と、今みたいに金持ちと貧乏人がくっきり分かれていて、貧乏人は貧乏であることに気がついてしまうという状態の違いだと思う。

俺たちが貧乏だった時代は「上がある、上がある」ということで、上ばっかり気にしていたし、いつか抜け出してやるという気持ちも生まれやすかった。

今の時代の貧乏人は、自分が貧乏であることに気づいているんだけど、そこで納得してしまって、現状維持に甘んじるというか……。

「カネがなければ立ち食いソバを食えばいいんだ」

「富士そばのあの店はね、午後6時に天ぷらが揚がるから、その時間を目指していけばいい」なんていう感じで、今の貧乏人は貧乏であるなりに楽しもうとする。

一方の富士そばの方も良くできていて味は悪くないんだ。モノの値段を下げて、かつ大量に販売する方法が考え抜かれている。貧乏人はその中に組み込まれちゃっているから容易に抜け出せない。

昔は、「安かろう、悪かろう」の時代でハッキリしていた。

立って食うなんていう行為は下品だとされていた。

それが、立ち食いが当たり前になった時代に、安くてそれなりに美味い食い物が出るような店が増えて、食べるほうもちゃんと「安いところへ行こう」となって、だから双方に秩序・バランスみたいなものが生まれている。

貧乏との緩《ゆる》やかな共存っていう関係はなかなかに厄介だ。

魚が泳ぐ姿を見て、
「この魚、頑張って泳いでるな」なんて言う人間はいません。

働くことに理由なんて要るのか？

——労働と仕事について

海外でインタビューを受けると、たいてい「タケシはなんでそんなに働くんだ」と聞かれる。「オマエはどんな仕事にでも手を出すんだな」とか「70歳を越えたんだからリタイアすればいいじゃないか」とかね。

そういうときは「いや、俺は働いてないんだよ」って言うことにしている。「『働く』って言うと強制労働みたいだろ？　魚を見ろ。人間は泳ぐだろ。魚も泳ぐ。両方とも一生懸命泳いでいる。まぁ、魚が一生懸命泳いでるかどうかはわからないけど。で、一生懸命泳ぐ人間には『あんたエライね、一生懸命泳いで』とか言うけど、魚に『一生懸命泳いでるね、エライね』とは言わないだろ？

わかる？

魚は『泳ぐ』なんだよ、ただのswim。人間はcan swimなんだ。俺は魚のように生きてるだけで、仕事に行くのは好きとか嫌いとかじゃなくて、魚のように泳いでいるだけ。ただ生活しているだけなんだよ。

魚が泳ぐ姿を見て「この魚、頑張って泳いでるな」なんて言う人間はいない。

それと同じで、芸人はどこかへ行って何かを喋ってるのが「芸人」。今はコロナで、ちょっと仕事が大変なことになってるけど、もともと喋ったりなんかすることが「仕事」だっていう意識は俺にはあまりなくて、仕事以前に、笑い話をしてゲラゲラ笑うのが好きで、それが偶然仕事になっただけであって、それをわざわざ「仕事」として認識する必要はそんなにないんじゃないかって思っている。

野球も長嶋さんなんかは、野球が好きで好きで、ずっと続けてたら、いつのまにかプロ野球の大スターになっていたっていう感じで、「将来はプロ」だの「野球を一生の仕事に」みたいな意識なんてなかったんじゃないかな。

「仕事」という言葉を使った段階でもう負荷がかかってる。

たとえば、「徹夜で麻雀やって疲れたな」なんて言う雀士がいるとする。「よく頑張ったなオレ」みたいなの。そのくらいで威張るんじゃないっての。

芸人がラジオの深夜番組に出て、明け方まで一晩中喋りたおす、っていうのは徹マンぐらいヘトヘトになるけど、俺らは麻雀と違っていつも勝ってる。負けない上にギャラまでもらえるんだから徹マンよりはいいぜ！　って思う。

徹夜麻雀は4人で卓を囲んで、勝ち負け競って「あーチクショー」なんて言いながら時間を忘れて、気がついたら明け方になってる。芸人の深夜のラジオも、いい加減なこと喋って、時間を忘れてゲラゲラ笑って「面白いなあ、いいこと言ったなあ」なんて思って……それで、朝になって帰りのタクシーの中で、ふと「あれ？　今の、仕事なんだ」「あとでお金もらえるんだ」って嬉しくなるようなそんな感じだった。

でも、その感覚は結局、やってる自分自身にしかわからない。

棟方志功が徹夜して版画制作に没頭してる姿を、何も知らない人が見たら、普通は「ああ大変そう」「疲れるから止めればいいのに」とか思うかもしれない。でも、当人は嫌じゃないから徹夜しているわけで、「止めろ」って言われたらむしろ嫌がるだろう。

俺はいまの奥さんに「あんた、仕事ツラきゃ止めなよ」「もう仕事減らして引退したっていいのに」とかたまに言われるわけ。すぐケンカになる。

「オマエはすぐそういうことを言う」

「俺が好きでやってるんだから、かまわねえじゃねえか」

「男の仕事のことなんかわかってねえんだから口出すんじゃねえ」って言ってしまう。

「でも、身体が……」と奥さんが心配してくれる。

それでも「人のカラダなんか心配すんな、バカ野郎」とか言っちゃうんだ。

ウチの奥さんは「男の仕事」って言い方がちょっと嫌なんだろうな。

こっちも「わかってねえんだから」とか言っておきながら、でも、向こうが正しいときって実はいっぱいあるんだよね。


「働く」ということについては、今もう一つ考えていることがある。

小説を書いている。『AD AV DV』っていうタイトルなんだけど。

主人公の親は銀行員なんだけど、文部科学省のゆとり教育に感化されて、自分の子どもに「勉強なんてできなくていいから、何か得意なものをみつけなさい。好きな仕事につきなさい」って言い続けて、でもその子は何をしたらいいかよくわからなくて、日大の芸術学部を出ても就職先がなくて、仕方なく今度は映画学校に入る。学校出て夢だった映画監督になろうと思ったらAVの助監督ぐらいしか働き口がなくて、またしても仕方ないからバラエティ全盛期の映像プロダクションに入るんだけど、そこでまたヒドイ目に遭うという筋書きだ。

だけど結論は——人間って、基本的には仕事して、食い物を食うカネを得て、それで食料を買って食って排泄して、家庭を持ってセックスして死んでいくのが一番幸せだっていう、そこを書きたかった。

なんで普通に働いている人間が芸人みたいな連中にコンプレックスを持たなくちゃいけないんだろう、銀行員でも教師でも公務員でも、この経済社会を本当の意味で支えているエッセンシャルな人たちのほうが偉いはずなのに、なんでそういう人たちよりも、その人たちのおかげで絵を描いたり、漫才したり、映画監督をやったりしている人間のほうが文化的、社会的に優れているみたいな言い方をされるような歪《いびつ》な時代になっちゃったんだろう、っていう思いがある。

だって、原始社会でいえば、獲物をしっかりとっていっぱい食わせる奴が一番偉いわけで。

生きるために働いて、食べ物を手に入れて生きていくことが実に一番重要で、本来は楽しいはずなのに、いつのまにか「経済大国」だと言って、その余計なものを全部発展途上国に押し付けて、その上がりや利益で肉体労働や普通の労働を拒否している。ＩＴとか使ってデジタルの波にのっかってカネ儲けている奴らがそんなに素晴らしいのかなって。

どうせ今の宇宙論で言えば全部なくなるのに、そんなことで人生の満足感を得られるのか、はたしてどうなんだっていうことを最近ではよく考えている。

第3章

お笑いの哲学

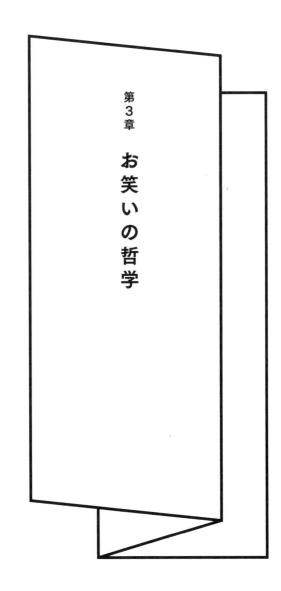

笑ってはいけない場面ほど
笑いたくなってしまうのが
人間の不完全なところで、
それがお笑いという悪魔の本質です。

芸人にとって最強の武器とは何か

――たけし　本気の芸論1

芸人にとって最強の武器は「最高の常識人であること」だと思っている。

芸人は、相手の社会的な地位や肩書はもちろん、どんな場所でも、どんな状態でも確信犯で「嘘」の会話ができないといけないからだ。

たとえば、ノーベル物理学賞をとった学者の先生とも対談で渡り合ったり、相手の話に対して平然と冗談が言えたりするっていうのが大事。冗談って、相手の言っていることをそれなりに理解していないと言えない。

芸人っていうのは冗談を言って、相手を笑わせるのが仕事なんだから、最低限の知識は持つべきだよ。「芸人はバカでいい」なんて言う評論家こそ大バカだと思うね。

「しょせん、お笑いだから」っていうのは大きな間違いで、なかなか奥が深い世界なんだ。

お笑いとして許されるのはどこまでか。どこから許されないのか。

そのあたりの線引きは微妙なところがあって、これが難しい。

ナインティナインの岡村（隆史）がコロナの時に不用意なことを言ってすごく叩かれたことがあった。

「コロナが終息したら、苦しい状態が続くから美人さんが（風俗の）お嬢さんをやります」みたいなことを言って。

あれはネタの使い方の間違い。というより、もともとは、ラサール石井について喋った俺のネタに近い。

ラサール石井がバブルのときに銀座の店に通って、好きな女ができた。バブルだから一日50万ぐらいカネ使ってずいぶん貢いだのに、尻を触っただけで「石井さん、やめて！　いやらしい！」とか言っていたその女が、バブルが弾けたら新宿のソープランドに転職して1万円で局部を舐めてくれた、っていう。石井が溜息交じりに「いったい、あの時のバブルで使った50万円は何だったたんだ」って言ったとか、そういうネタだったたんだよ。コロナの文脈で使っちゃダメで、言葉の使い方を間違えると大変な差別になってしまうけど、バブルのほうに寄せたりすることで言い方がある、ということなんだと思う。

だからやはり、自分の中に「常識」という物差しをもっておくことは大事。ある程度、本質をついているようで、ギリギリの部分でお笑いに逃げる、お笑いにしてしまうテクニックを持たないとダメ。

「いったい安倍政権の時代は何だったたんだ。森友から始まって人が亡くなるまで文書改竄《かいざん》したりして、自分のタニマチのためにニューオータニで桜を見る会やって、これだけいろんなことやっといて、アイツ死刑だろう」って芸人が言うならいいんだけど、マジになって淡々と語ってもしょうがない。「安倍っていうのは運がいいよね。政権が危ねぇって時にコロナが出たからヤツにとってはコロナ様々だね」とかいう具合にもっていかないと。

そもそも「笑い」っていうものを考えた場合、悪魔のようにあらゆるもの、人間の生活の1シーンに忍び込んでくる。つまり、あらゆる場面の会話に、即興で忍び込む技術がなければ、笑いはとれない。

お笑いに潜む悪魔は、緊張した場面にこそ忍び込んでくる。葬式という厳粛な空間で、坊主がお経読んでいるのに、後ろに座っている親族のオッサンが、足がしびれて悶絶している姿が目に入ってしまって笑いたいけど笑えないとか。あるいは、結婚式で新郎新婦から両親への感謝の言葉とか、感動的なクライマックスの場面で新郎の親父が緊張のあまり、マイクにおでこを思いっきりぶつけたりしたら、やっぱり、おかしいじゃない。

泣かせるよりも笑わせるほうがテクニックが要る。悲しいドラマは音楽とか演出次第でどうとでもなるけど、「笑い」を確信犯的に作るのは本当に難しい。笑っちゃいけないと人間が意識すればするほど、笑いたくなるというのが人間の不完全なところで、それが、お笑いという悪魔の本質なんだと思う。

学生時代、サラリーマンやＯＬでギュウギュウ詰めの山手線に乗っていたら、そこに土方の親父が乗ってきたことがあった。そのとき、満員電車内の誰かがオナラをしたのか、周囲が凄く臭くなった。誰も何も言わず、車内がシーンとしているその時に、突然その土方が騒ぎ出した。

「誰だっ、この野郎」

「屁なんかしやがって。てめえら、サラリーマンどもが気取りやがって」

「てめえ、してないフリしてんな。この野郎、お前か？　それとも、お前か？」

って犯人捜しを始めちゃって。

俺はもうおかしくておかしくて、下向いて笑いをこらえるのに必死だった。これは漫才の原点だなって思った。その間も乗客と土方の会話は続いていて、

「この野郎！　変なネクタイして真面目な顔しやがって。屁こいたのはオマエだな。やい、朝、いったい何を食ったんだ」

「俺は知りませんよ」

「知りませんよだぁ。気取りやがって……おい、そこの女。オマエも気取ってるな。

女だって屁するだろ。化粧なんかしやがって、この野郎」

「私してません」

「何がしてませんだ。女だって屁もクソもするだろう、あ？」

この土方が後に鬼瓦権造のモデルになるんだけど、いきなり場違いな奴が来て本音を吐きまくるっていうのが笑いなんだなと思った。礼儀は礼儀として大事だけど、社会的にはそれが無難なんだろうけど、本質的にはみんな大ウソつきになることで社会が維持されているところもある、そんなことを考えたりもした。

別に犯罪行為とかいうわけではなく、人間である以上オナラは当然出るわけで、でもそれを全員が隠さなくてはいけないという、近代社会の弊害というか。民主主義だ、先進国だとかいろいろなことを言っても、そういう弊害や偽善のようなものが、常に悪魔のように我々の生活に忍び寄っている、っていうことだと思うんだ。

人間は結局は欠陥品です。
理想と現実の間に大きなギャップがあるからこそ、
そこに「笑い」が生まれるのです。

「人間は欠陥品だ。だから笑うんだ」という深い話

――たけし 本気の芸論2

前の章、学生運動についてのところで俺はこう書いた。

学生運動に励む人間を見ていて、俺がそのとき思っていたのは、「こいつらって、頭が良くないいんだな」ということだった。

そもそも社会主義ってね、すごい矛盾があると思うんだ。

社会主義って確かに理想的ではあるけど、人間というものはしょせんは欠陥品で、不完全で、欲深くて、マヌケなものだから、そんな理想は絶対に実現できない。

平等がいいとか、みんな頭の中ではわかってる。だけど、人は他人が持っているも

のを欲しがるものだし、誰かにいいことがあれば嫉妬だってする。理想としての社会主義はあるけど、それは実際の人間には絶対に合わないワケで、そんなことはハナっからわかりきったことじゃないかと思うんだ。

人間は神様じゃない。「平等で公正な社会」をめざす社会主義って人間の理想だけど、それは犬に「ウンコをしたらちゃんとお尻をふきなさい」って守らせるようなもので、結局できないんだよ。どうしても犬にトイレの作法を教えるためには、調教師が犬をブン殴って強権的に教えてもできるかどうか分からないよ。だから北朝鮮やロシアみたいに、社会主義系の国には独裁者が生まれやすいわけで、理想を求める社会主義が独裁政権下でしか成り立たないっていうのはすごいパラドックスだよね。

理想的な社会構造を絶対に実現できないっていうのは、それ自体が人間の負け、敗北でもある。どんな綺麗事を言ったところで「人間は神様にはなれない」って現実がある。

ついでにもう一つ言っておくと、人間って実に不思議な存在で、「神」というものを

作り出したんだけど、その「神」とはどういう状態のものであるのかは全然わからない。つまり、

「なんで神様に頼むんだろう。これまで神様が何かしてくれたことあったか」っていう。でも、それでもやっぱり神様に頼んでしまうのが、人間の弱さだよね。俺は無神論に近い立場だけど、やっぱり神様を信じたほうが楽だよね。でも、何かあったとき、「神様、どうにかしてくれよ」って思っても、どうにかしてくれたことは一回もないけどね。

映画ではよく「男女の愛」や「家族愛」を描こうとする。

映画っていうのは仮想現実だから、人間の営みを美しく、魅力的に描こうと思えばどうにでも撮れる。男女の愛も、子どものいる家庭も理想的なイメージで描けるけど、現実に子どもを作るときのアノ行為の下品さときたらないよね。あんな呻《うめ》き声を出さなきゃ子どもができないのかっていう。

人間の頭で考えた愛情行為と、実際の動物的な繁殖の行為とは大きくかけ離れたも

のになる。もしも自分がカミさんとの行為をビデオカメラで撮って見たときに、これが本当に子どもを作るための愛情の行為とはとても思えないだろうと思うけど。

食べるということと人間の排泄の関係も同じだね。人糞を肥料に使ったのは鎌倉時代の日本人が初めてで人類史上初めての有機農業と言われている。江戸時代になると栄養価の高い物を食べる武士階層の人糞は、それより下の階層が出す物より高値で取引されたという記録まであるらしい。割合、日本人は自身が出す排泄物に対する寛容性があった民族なんだと思う。

だけど、一般的には食べることと排泄にはギャップがあって、美しく盛り付けされた料理も食べてしまえば、翌日にはトイレで、どのような状態となって排泄されるかを考えると、複雑な気持ちになってしまう。「美しい排泄」ってあり得ない。

このあたりが人間っていう存在の難しいところで、頭の中で考えることと、その結果がもたらす人体的、肉体的な行為の乖離《かいり》は、綺麗事では片付けられないという大きな矛盾がある。この理想と現実のギャップは、人間社会のあらゆるところに現れて、人間を悩ませる。その解決の仕方、整理の方法が思想であり哲学であり、学問だと思うんだ。

けれども、そのギャップをいったん知性で乗り越えたとしても、結局は人間の生理には勝てなくて、頭を抱えてしまうんじゃないかな。


で、そこから「笑い」という話につながるんだけど、さっきも書いたとおり、人間っていうのは欠陥品で、理想と現実の間に大きなギャップがあるからこそ、そこに「笑い」が生まれるんだと思うのね。

俺が昔やってたコントの中に、チカンが警察に捕まって、取調室で刑事が調書を取ってるっていうネタがある。

若い刑事が犯人に、「で、そのときどうしたんだ」とか言って締め上げる。横にいる先輩刑事がさらに追及する。

「それで？　女の何、下着を脱がしたの？」

「脱がした」

「それで、どうだった」「何をしたんだ。はっきり言ってみろ」って延々とやるんだけど、途中でその先輩刑事が、傍で聞いている若い刑事の下半身を見て「勃《た》ってるんじゃない」って、突っ込むんだけど、その後ろで書記をやっている刑事も勃ってて「オマエもかっ」て殴られる。

これは放送禁止になっちゃったんだけど、犯罪行為を追及するという正義を振りかざしながら、実は全員がムラムラしてたというギャップは、人間の不完全さを逆手にとったネタだった。人間ってやっぱり変な生き物だなと思うね。

笑いとは関係ないけど、報道とかも同じ問題というか似た構造を抱えている。

ワイドショーが殺人事件のニュースを取り上げようとする時、ディレクターが集まる会議の席では「何人殺した？」「少ないな」とか平然と言ってる。被害者の人数が多いと「ったく、世の中いったいどうなってんだ」とか言って神妙な顔をしてるけど、大きなネタが飛び込んできて喜んでるようにしか見えない時がある。だから司会者が「本当に悲しい事件です」って言ってるけど、ウソつけ、お前喜んでんじゃねーか、と思ってしまうね。

一時代を築き上げた人やモノっていうのは、
必ずその時代とセットで生まれてくるものです。

エンターテインメントには寿命がある

——たけし　本気の芸論3

古今亭志ん生——言わずと知れた、戦後落語界の最高峰だ。

志ん生さんの芸っていうのは、国立博物館にある骨董品みたいな感じがする。刀剣で言えば正宗のように、その時代を代表する名刀とでも言ったらいいかな。

そして同時に思うのは、正宗にしても志ん生にしても、「その時代」だったから生まれたんじゃないかっていうことだ。

鎌倉時代だったからあの名刀が生まれた。戦後の昭和のあの時代でしか志ん生はあり得なかった。つまり、一時代を築き上げた人やモノっていうのは、必ずその時代とセットで生まれてくるってことなんだ。

野球界でいえば、あの時代の長嶋茂雄を超すような存在感を持つ選手は、もう生まれないと思う。イチローみたいなすごい選手は出るだろうけど、やっぱりメジャーリーグに行っちゃうわけで、メジャーで長嶋さんほどの人気は得られない。

とすると、やはり時代背景というのがあって、どの時代に誰が生まれるかっていうのが重要になってくる。美空ひばりの時代とか、石原裕次郎さんの時代とか。『嵐を呼ぶ男』や『錆びたナイフ』とか、映画で一世を風靡した裕次郎さんのカッコ良さをリアルで知ってるのは俺の世代がギリギリだ。ひと世代下の人間にとっては、石原裕次郎っていっても「ああ、刑事ドラマで窓のブラインドの隙間から外を覗いていた、あのオジサンね」「『大門、行ってこい』って渡哲也を送り出してたあのボスの人ね」ってぐらいにしか思ってない奴もいるだろう。

同じように、大看板・志ん生って言っても、そんなものはもう知らないっていう世代が出てきて、噺の音源は残ってるけどそれを聞いて「すごい」と思う人もどんどんいなくなっていくことになる。

歌舞伎でも「先代の團十郎は良かった」なんて会話を一般社会で俺は聞いたことがない。市川猿之助とか、今の時代の役者の名前も耳にするが、正直俺にはそのすごさがよくわからない。『義経千本桜』だの『忠臣蔵』の山崎街道だのと言っても言葉もわからなければ、その場の意味もわからない。これが、長唄とか三味線語りの義太夫とか人形浄瑠璃とかになってくると、さらに何が何だかさっぱりワケがわからなくなってくる。

俺の祖母は竹本八重子っていう明治・大正の時代に活躍した義太夫語りだった。女が三味線を使って語る芸の女義太夫は、当時はＡＫＢみたいな女性のアイドル的存在で、人気が出ると義太夫語りが乗った人力車を車引きと学生たちが集団になって次の劇場まで押してったっていうぐらいすごかったらしい。今、俺の手元にその祖母が語ってる音源が少し残ってるんだけど、これがまた、何がいいのかさっぱりわからない。

義太夫の良さっていうのは、ラップみたいに韻を踏みながら、

「後は野となれ大和路を　駆ける二人の〜」

デンデンデンデンデンデン……って具合に語るんだけど、わかってる人間にはたまらない何かがあるんだろうけど、俺たちの年でもうこれだけわからなくなってるんだから、厳しいだろうな。

日本の古典芸能っていうところに胡坐《あぐら》をかいていたのかもしれない。

だから漫才だって、いつまでも隆盛が続くと思ったら大間違いなんだ。

エンターテインメントにははっきりと寿命がある。

商売としては残らない。

志ん生のあのときのあのネタはすごかった、とかNHKでよくやってるけど、でも今の人はわからない。その一方で法隆寺や正宗は残っている。

エンタメはその時代に生きないとわからない、ってことはある。

そう考えると、やっぱり絵画ってすごいと思う。ゴッホとピカソ、いまだに「すげえなぁ」って思うもの。バンクシーとか流行りモノのポップアートや、ジャクソン・ポロックのような抽象画を見ても、やっぱりゴッホとは格が違うよな、って感じる。

そう言えば、ポロックの絵はフラクタル理論によって制作されていて、絵の具をたらしといてアトランダムに時間をかければ似たような絵ができる、って主張した物理学者がいて、1年ぐらいかけて作ってみたんだけどやっぱりロクな絵にならなかったっていうオチもあったな。

芸人の世界ではパンダに憧れて、
レッサーパンダやパンダうさぎになってしまうヤツがいます。
そういうのがいちばん情けない。

「師匠と弟子」って面倒だけど、そこまで悪くないぜ

――たけし 本気の芸論4

いまは芸人になる一つの手段として、漫才学校みたいな場所がある。吉本興業がつくったNSC（吉本総合芸能学院）とか。入学金何十万とかとって、半年とか2年で卒業させて、では卒業したら小屋（劇場）の舞台に出られるかっていうとそうじゃない。

コンビを組んで「ネタ見せ」、つまり学校の講師たちの前で実際にネタをやって、OKが出なかったら出してもらえない。さらに次の段階として「幕前」っていうのもあって、まだ小屋に看板がかかってない、客がポツポツ集まりだした頃に、緞帳《どんちょう》が上がる前の舞台にマイクを置いて漫才をする。この幕前をやるにも、一人1万円とかカネを取られる。そこでウケれば、ようやくいろいろな劇場に出られるようになる。

そこまでいくのに10年ぐらいかかってるヤツもザラにいるからね。そういう苦労を重ねて、売れたヤツもいっぱい出るようになったんだけど、昔は弟子入りが普通だった。

俺の頃は「お笑い」の世界に入るということは、誰か師匠を見つけて弟子入りして、あとは実力勝負になる。今はカネを払えれば形の上では「芸人」にはなれるワケで、ちょっとその部分にカネが関わってくるのはどうかなとも思うけども、学校にカネを払うっていう行為は、師匠との余計な軋轢《あつれき》がないってことでもあるわけだ。

師匠と弟子の関係は「徒弟制度」だから、師匠にさんざん無理難題を言われて、嫌味も言われて、弟子は毎日のように腹も立つわけ。だから、今のようにカネ払って済むなら、そっちのほうがいい気もする。だけど、師匠がいれば、ある程度の基本は教えてもらったり、見て覚えたりすることもできる。「出自」がはっきりしていることで、他の師匠からイジメられる場合もあるけど、逆に「昔はおまえの師匠に世話になったんだよ」って、よくしてもらえることもある。あと、だいたいの師匠連中なんて、存在そのものがムチャクチャだから、「修業時代の師匠ネタ」は弟子にとって自分にしか喋れない鉄板ネタにもなる。

（笑福亭）鶴瓶なんか、自分の師匠（笑福亭松鶴）をネタにして「私落語《わたくしらくご》」とか言って大ウケしている。その松鶴さんはね、何かあるごとにすぐ弟子をど突いたんだ。理不尽な仕打ちに耐えて耐えて、そのネタを使って鶴瓶はラジオで大ブレイクするんだ。師匠と弟子のネタは、そいつにしかできない特権であり、鶴瓶は今でも師匠に食わせてもらっているって思っていると思う。だから、学校と師匠、どっちがいいかというと、どっちもどっちっていうのが結論かな。

結局、その師匠しかできないようなレベルの芸術とか技術がないかぎり、徒弟制度なんて馬鹿馬鹿しい制度は要らない。

宮大工の世界に小川三夫さんっていう名人がいる。今でも徒弟制度を大事にしていて、弟子と寝食を共にしながら、これまで大勢の宮大工を輩出してきた。この小川さんの師匠が、法隆寺の金堂や五重塔の修復作業を行った伝説的な宮大工の西岡常一さんで、小川さんはその西岡さんの唯一の内弟子だった人。

その小川さんは、弟子に鉋研《かんな》ぎなんかをやらせてるんだけど、大事なことは、師匠としての技をしっかり見せることで、「上のレベルのもの」を弟子に教え込むことなんじゃないかと思う。「勝てないもの」が頭の上にいる、存在しているんだっていうことを身体で覚えた芸人と、そうでない芸人とでは、芸人としての了見がまったく違ってくる。落語にも古今亭志ん生という最高のレベルの大看板がいて、弟子たちはその後を追っていた、っていう時代があったし。

ところが、さ。ここでいきなり話が変わるけど、じゃあ俺の弟子、たけし軍団の場合はどうだったのかというと、俺のところに来たヤツらを一応は弟子って呼んでるけど、要するに「俺の言うことを聞くエキストラを雇った」ぐらいの感覚なんだ。それも殴ることのできるエキストラ。普通は、いくらお金払ったって言ってもネタのときに「バカヤロー」ってエキストラは殴れない。その点、うちの軍団なら「おい、同時に右向けって言っただろ、バカヤロー」って殴ることができる。

そんな軍団のヤツらが食えるようになったのは、才能というより、テレビのバラエティが増えてきたときに、ウチの弟子たちにも仕事が回るようになったという偶然の結果だ。

まあ、俺の弟子になりたいやつはみんな、俺と同じ世界に入りたいから、弟子入りに来たわけ。才能があるからというより、お笑いの世界に入りたかったってことだ。

弟子の大半が、俺が草野球やってるときに野球場に来て、「弟子にしてください」って。「弟子になる場所が違うだろ」って思う。「なんで草野球場とか飲み屋に来るんだよ。普通は、俺が漫才やってるとこに来んじゃゃねえの？」って。だから、本当のところは仲間にしてほしいっていうことで、でも仲間っていうと五分の関係になっちゃうんで、弟子って呼んでいるという。俺はそのぐらいクールに考えてたね。

最近では、弟子には必ず月10万円はやっている。

そもそも、俺のとこは、金がなくて漫才学校とかに行けないようなヤツが来る。だから、見え透いてんだけど、遠方からも来る。大阪弁丸出しで、東京には絶対に合わないだろってのもいる。今は契約とかうるさいから、事務所で面倒みるけど、ボーヤって名前がついたら10万円は保証する。10万円あれば安いアパート5万円で借りて、あと食い物は大抵、俺に付いてりゃ一緒に食える。そこだけはほかの芸人よりも面倒見がよかったと思う。

ただ……やっぱり何だろう、俺も昔の人から「最近の弟子は芸事も何もわかってねえ」って言われたタイプだけど、俺の弟子にくる若い衆も、別に俺の芸に惚《ほ》れたわけじゃないような気がする。だから、この世界に入りたいだけのことで、師匠なんか誰でもいいヤツばっかりだな、とは思って割り切っている。

この世界は芸術論ではなくて「芸論」だ。芸論から言えば落語でも講談でも、師匠に憧れてこの世界に入る、そして、いつかその師匠を超えられるかって意識するのが普通であって、それが師匠に憧れたままでいちゃったりしたら、いつまで経っても超せないだろって。

だからどの師匠につくかってやっぱり重要で、逆説的に言えば、自分が一番嫌いな人、一番嫌いな芸の師匠の弟子になったほうがいいって言ったこともある。その師匠の嫌なとこいっぱい見えるから。その上で、その師匠の嫌なとこを自分はこう解釈して超してやるぞっていうのは、ひとつの方法論だと思う。

だけど、じゃあ肝心の師匠自身はって言うと、その辺のこと何とも思っていなかったりするんだ。大物ほど「俺は自分の芸なんて考えたことない。適当だよ」なんていう。パンダに「何考えてパンダやってんだ」と聞いたって分からないのと一緒。

ただ、芸人の世界では、パンダに憧れて、レッサーパンダになってしまったヤツが大勢いる。パンダやろうとして失敗したヤツ。これが一番情けないね。パンダうさぎとか。何だよ、これって。二番手の情けなさってのは絶対ダメなんだ。

俺のところに来たヤツの中でも、東（東国原英夫）みたいに政治家めざしたりとか、だいたい途中で自分の器量に気付いて巣立っていった。一番頭のいいのはタカ（ガダルカナル・タカ）かな。俺の番組を通じて一本立ちして、今は自分で他の番組のゲストに呼ばれたりしているから頭はいい。

それでも、どう考えても俺は超えられないね。まあ、よくやったほうだとは思うけどね。

マスの世界のエンタメや芸というのは、
「正体がバレない」のが最高なんです。
シッポをつかまれたらそこで終わるからです。

自分の過去の芸にこだわってはいけない

——たけし　本気の芸論5

自分の漫才を、後からビデオで見たりするのが俺は大嫌いだ。

テレビの特番などで、「実は、たけしさんの昔の㊙映像があるんです……」とか言って昔の漫才を見せられたりすると、「お願いだからやめてくれ」と本気で思う。

過去どんなにウケた場面であっても嫌だね。

なぜ、見たくないのか。一言でいうなら「自分がアダルトビデオに出ている姿を見ているみたいだから」、あるいは「自分がウンコしている姿を眺めているみたいだから」となる。

「演じる」っていう行為は、自分にとっては「性欲」とか「排泄」みたいな、いわば生理現象みたいなものだ。

演じている時はいい。夢中だから。でも、その姿を、後日、客観的に見てみようとは思わない。恥ずかしくてたまらない。

自分のそういう場面を見ながら、当時の感情を思い出すというのも苦手だ。漫才で喋っているときの自分の映像を見ると、当時の感情が次々とあふれてくる。ギャグを言ってるのに客が笑ってなくて「あ、このときは『スベった』と思って少し汗が噴き出してるな」なんてことがみんなわかってしまうから、それが嫌いというのもある。

漫才に限らず、自分が役者をやらされた時も、自分が出演した場面を自分から見たりすることはまずない。

自分の映画で自分の出演場面は、自分で編集もやるけど、「嫌だ」と思った部分は全部カットしてしまうので、最終的に自分の出番はいつも少なくなる。

明石家さんまは、自分の家に後輩を呼んで、自分の番組のVTRをずっと見せて、笑いをとった場面でストップしたりして「ほら、ここの俺のギャグ、エエやろ？　よう見ときぃ」とかやってるけど、俺からしたら、懸命にセックスに励む自分の映像を後輩たちに見せつけているみたいで、やっぱりヤダね。

そもそも、過去の自分の仕事を気にかけすぎたりするのは、芸人にとってプラスにならないように思う。

それは、俺だって売れ始めた時、あるいは自分の番組が次々とヒットした時は嬉しかった。それでもせいぜい「この間のアレ、どうだった？　ウケた？　あ、そう。ならいいんだ」って思うぐらいで、心はもうそこにはなかった。

「次の一本をどうするか」、そっちのほうが大事だったし、常に切迫感があった。

漫才でも同様だった。ディレクターと、こんな会話になる。

「たけちゃん、この間のあのネタすごい面白かったよ」

「あ、そうか。ありがとう」

「よかった、最高だった」

「あ、そう」

「もう一回やろうよ」

「もう一回はできねえんだよ。もう一回やるようになっちゃうと終わっちゃうから」とかなんとか言って、結局もう一回やることもあったんだけど、とにかく「追いつかれないようにしなくちゃ」っていう思いが強かった。

マスの世界のエンタメや芸というのは、「正体がバレない」のが最高なんだ。シッポをつかまれたら終わりなんだよ。だから一番いいのは「あいつ、変な奴だな」「あいつは何を考えてるかわからない」っていうのがよくて、それが「あいつのやることはねぇ」に変わったら、もう魅力はなくなっている。

外にいる時、向こうの通りからいい女が歩いてきたとする。その瞬間が一番魅力的に映る。ところが、話しかけて、お茶でも誘ってジャンジャン話しているうちに、魅力もジャンジャン醒めてくる。

池の中にキラリと光っているものがあったら、そこが最高にワクワクする瞬間で、拾ってみたらガラス玉で「何だよ！」ってなる。

だから、拾わせないことが大事。光ることは光るけど、拾わせない——それがエンターテインメントや芸人の世界でいちばん大切なんじゃないかなと思う。

少し前に、観世流能楽師の観世清和さんに会う機会があった。その時に家宝だという、世阿弥直筆の『風姿花伝』の原本なんかを見せてもらったけど、そこには「秘すれば花」という、「大事なことは秘密にしておいて、観客の心に思いもよらないような興奮を与えることが肝要だ」といったようなことが書いてある。

そのほかにも、

「新しいネタはまず田舎でやってみて、うまくなったら都会でやる」

「世の中の移り変わりを意識する。古いと思わせても、新しすぎてもダメ」

といった趣旨のことも書いてあるらしくて、「芸人のやり方って昔も今も変わってないんだな」と思ったね。

第4章

さよなら古い世界

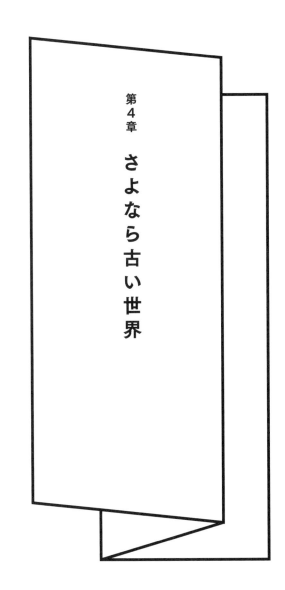

「知識人＝左オンリー」という歪《いびつ》な構造が、
この国にはロクな保守勢力が育たない
大きな理由になっています。

政治に何かを期待するほうが間違っている

——永田町と安倍政権について

今の政治、永田町って「混ざりもの」になっている。

戦前から続くような、平気で人の家に行ってカネを配って「オレに入れてくれ」っていうような古いタイプの政治家がまだ生き残っているかと思うと、一方では東大とか早慶出の単なる教養としての政治論なんかを勉強して、松下政経塾に入って、理想に燃えてるのはいいけど現実をよく知らない……っていうのもいたりする。あるいは政治家の二世・三世議員で、学歴もあって毛並みもいい奴とか、昔カネをばらまいていた奴の倅だったりとか、ありとあらゆるタイプがゴチャゴチャと混ざってる。

見方によっては多様性ととれなくもないが、いまの永田町が歪んでいるのは、そこに大きな原因があるように思う。

理想とか言ったところで、江戸の田沼意次の時代みたいに、ドブのような政治の世界にきれいな水で育てられた魚を入れたところで、そりゃあドブに強いドジョウのほうが圧倒的に強いよね。

安倍晋三だって、祖父やオヤジの関係から流れてきた、あの汚れ腐ったドブみたいなところの出身で、そこに官僚のエリートやなんかが国会議員の議席をもって入ってきたということで、まさにグチャグチャ、何でもアリの世界になっていた。

だから、河井なんて法務大臣をやっていた人間が平気で選挙違反、カネを配ったりする。そのカミさんまで選挙に出てカネを配って、結局夫婦で捕まって、今も裁判をやっているけど、夫婦がやったと言われていることは「カネを配る」という実にくだらない、原始的な行為だった。

別の見方をすれば、安倍政権というのはコロナ騒ぎで助かったんじゃないかなと思う。

日本の政治だけでなくて、世界中の国のヤバイ指導者を助けている可能性さえあるんじゃないか。安倍政権なんて、森友の疑惑から始まって、財務省職員の自殺から、検事長への依怙《えこ》贔屓《ひいき》から、桜を見る会から、マズイことがジャンジャン発覚して、もう支持率ねえだろ、ってみんなが呆れかえってるときにコロナが神風のように吹いた。

そのコロナでもアベノマスクとか、給付金がもらえないとか、さらに支持率を落としたけど、コロナがなかったらもっと下がっていたと思う。

コロナって、最初の頃は全国で連日２００人以上の感染者が出たときは衝撃的だった。でも、時間が経って慣れてしまうと「今日は東京で２００人を切りました」ってテレビが言っただけでみんなが安心しちゃって。だから人間って空恐ろしいなって思った。

戦争が始まっても、空襲が始まっても、騒ぐのは最初と最後だけで、しばらくすると同じように慣れちゃうんじゃないか。空襲もコロナも怖がり方は案外、同じようなものなんじゃないかって思う。

慣れは怖い。

俺が子どものころ、地元・足立区の国会議員だったのが●岡×輔という男。典型的なカネを配りまくるタイプの政治家で、選挙近くになると「●岡×輔を励ます会」みたいなイベントがあって、観光バスに爺さん婆さんをのっけて熱海旅行をする。一人500円ぐらい出すだけで、1泊2日宴会にお土産つき。どう考えても会費が安すぎるんだけど、ウチの母親・父親たちも喜んで参加して、帰ってくると「あんないい先生はいない」だって。

政治の原点っていうものを見たのはあのときだね。

選挙が近くなると、酒が飲めるってウチの父親なんて喜んじゃう。選挙事務所に入り浸っちゃって、そこで朝からずーっと酒飲んでた。差し入れとしてつまみもいっぱいきて、タル酒があって、片目のダルマが置いてあるその部屋でずっと飲んでいた。

当選した後に、息子の就職の斡旋を頼んでいたオヤジたちもいた。出来の悪い倅を東京都の水道局とかそういうところに押し込んだり、コネで国の仕事を回してもらったり、「これで一生クビはないな」みたいなね。でも、みんなそれが政治家の仕事だと思ってた。

「仕事を回してくれないのは悪い政治家だ」っていう風潮があった。田舎へ行くと、悪い顔した政治家が「あの橋は俺が造ったんだ」とか、「こんな田舎に高速道路を通したのは私ですよ」とか言っている。それはいまだに、地元にどうやってハコモノを持ってくるかで政治家の力量が問われるという現実があるわけで、自分たちの地元の有利になるような代表を送ろうという力学が働く。結局は全部税金だから、他の奴らにとっては「ふざけんな」という話なのだけど、もらったほうは「ありがとうございました」ってなる。まさに田中角栄の政治だ。

この構図は未来永劫変わらないね。

戦後日本の政治がねじ曲がった、その最大の要因は、社会主義や共産主義的な考え方こそが、戦後知識人のステータスであるという時間が長かったからだと思う。だから、右寄りの発言をするだけでむちゃくちゃ叩かれた。ハマコーなんかその一例だよね。まあ、ハマコーはハナから……だったけども。

もっと言うと、政府に対する批判こそが一つの知識人の証だという、戦前・戦中から続く見方があって、逆に右翼的な発言というのは、非常に知識のない、昔ながらの思想だという風潮が戦後もずっと続いた。

だから、テレビのようなメディアに出る政治評論家というのはほとんど「左」がかっている。そういう時代が長く続いたことで、その状態が、まるで当たり前のようになってしまった。

最近少しずつ、変わってきているけども、こうした「知識人＝左オンリー」という歪《いびつ》な構造が、結局のところ、この国にはロクな保守勢力が育たない、という大きな理由になっている。

まあ、人間がやることだから、政治に何らかの期待をするほうが間違っているのかもしれないけれど。

そもそも政治なんていうのは、人が集まったから、自分たちに有利に動こうと相談したところから生まれたもので、敵対する者が出たら潰さなきゃしょうがない、っていうのが当たり前の理屈。ホモ・サピエンスが生き残ってきた理由もそれであって、宇宙の歴史から見たら人の誕生、人新世《じんしんせい》の時代なんて、わずかでしかないのに、その人間がすべての争いをなくすなんて神のような境地に達するはずがない。

もしも人間以外の宇宙の生物、進化した生物がいたら、そんな人間のやり方をどう思うんだろうって考えるし、あるいは、もしかしたら、人間よりももっと残酷で、もっと平気に同類を殺しちゃうような存在かもしれないよね。

ドナルド・トランプって、
昔の下町によくいた
差別根性丸出しのオヤジそのものでした。

トランプが負けても支持される理由
――歪んだアメリカについて

負けたクセに、ずっと「オレは負けてない」と騒ぎ立てたドナルド・トランプ。アメリカという国は、トランプのような人物を一度でも大統領に選んだという意味では、やっぱりエンターテインメントの国だな、って思う。

大統領選があった今年はトランプ関連の暴露本・陰謀本みたいなのがよく出ていて、そんな本によると、トランプのウラにはアメリカ本来の白人至上主義者みたいな輩がたくさんいて、奴らがトランプを神輿《みこし》、おさるの電車のサルみたいに担ぎ上げたということだ。神輿は軽くてパーがいいと。だから、そんな奴らがもっとも恐れるのが「トランプが自分の意見を持ってしまうこと」だっていう冗談みたいな話。そこまでいくと、昔の落合信彦みたいな世界だね。

まあ、大統領があれだけ暗殺されてる国だから、深いところはよくわからないけど、フリーメイソンみたいな、「国をウラ側から支配する組織がある」という陰謀論も根強い。池のカッパや神様みたいなもので、実体はないのに、なんか怖がられていて、逆らうと大変なことになるぞという、そんな噂はたくさんあるのに、国の方向としては意外と崩れていないところもある。


トランプって……俺からすると昔の下町の無礼講とかによくいた差別根性丸出しのオヤジみたいなイメージがある。職人とか肉体労働者とか、いろいろ集まって「今日は無礼講だからバーッといこう」みたいな酒席のときに「なんだ、この土人め」「こんなクソまずいメシくわせやがって」みたいなことを平気で言っちゃうような奴。悪役なんだけど、その発言が一部からは「よく言った」って褒められるところもある。トランプって、あの下品な発言で人気が出てるけど、それはよくわかる。

ネットの世界とかでも「田舎者は東京に来んな」「東京税を取れ」とかいろいろ書き

込みがある。そういうのは「メキシコ国境に壁を立てろ」っていうトランプの発言と重なるよね。酒の席とかで酔っぱらうと、落語的な本音、笑いを伴った差別的な本音みたいなものを口走るジジイがいて周囲は相手にしないんだけど、そういうのを大統領にしちゃったところがアメリカらしい。

でも、あまりにも浅い考えというか、ただのオヤジが酒の勢いで言っちゃったみたいなことを、平然と政治的な文脈で言ってしまうトランプっていうのは、独立前からアメリカがずっと伝統とか言ってきた民主主義とか博愛とかっていう、それがいかにインチキで偽善だったかってことをハッキリ言った大統領っていうことでもあるかもしれない。

その意味では「王様はハダカじゃないか」って言った少年にも近いかもしれない。アメリカという国が誕生したばかりのころ、ジェファーソン大統領の時代のアメリカって、荒っぽいし、奴隷はワンサカ持ってたしで、メチャクチャだったからね。

だからトランプは、もしかすると、ネイティブアメリカンからアメリカを乗っ取った男の代表みたいな感じがして、それは同時に、潜在的にアメリカの白人みんなが持ってる隠された部分を、恥ずかしげもなく、むき出しにしちゃったからウケてる、っていう側面があるんだろうね。

それにしても、トランプってやっぱりネタやツッコミどころの宝庫だよな。バイデンだったらこんなに書くことがないもの。だから、アメリカのメディアはバイデンが大統領に就任した後も当分トランプネタを報じ続けるだろうな。

AIによって生み出された絵画や音楽や小説や映画を、
人間は「素晴らしい」「美しい」と感じるでしょうか。

科学と神様と人間の三角関係

――テクノロジーについて

いちおう大学の工学部に行って、当時の先端だったレーザーに関する卒論を書いて、理数系の本を今でも結構読んでる俺から言わせてもらえば、人間が人間の脳を人工的に作り出すのは無理だと思っている。というか、ＡＩが人間の脳になんてなるわけがない。

０１０１の二進法という手段でもって、人間はデジタル、コンピュータ、ＩＴの世界を生み出したわけだけど、人間の脳の機能を二進法のデジタルに直したところでせいぜい４パーセント、１割もわからないっていうのが現状のところで、人工知能なんていうけど、実際には脳のことなんて何もわかってないに等しい。

そもそも、人間の自我とか、好みとか、あらゆる感情とかいうものが、デジタルで判断できるのか、個人個人を識別できるのかっていう根本的な疑問がある。

もっと言うと、人間は地球とか宇宙とか、あるいは「神」と呼んでもいいのかもしれないけど、世界全体と脳を使って交信をしながら生きているようなところがあって、目の前のものを動かすとか、計算するとか、そういった機能に人間の脳は頼っていないような気がする。ＡＩがいくら改良されたところで、結局それは目の前のものを動かす、あるいは計算する、っていう作業が便利になるだけだと思う。


根本的にＡＩと人間の脳は違う。

シンギュラリティのように、将来はＡＩが人間を仕切るなんて言われている。我々がいま生きているのは、未来のＡＩが我々をシミュレーションしているのであって、やがて、未来の世界から人がやって来るんじゃないか、みたいなことをホーキング博士が言っていたけど、俺は、基本的な脳という最後の残された秘境、つまり喜怒哀楽から何から全部つかさどる機能だけは、人間が科学的に解明できないんじゃやないかと思う。

人間の人間たる所以《ゆえん》というのは、その解明できないところにある。

なにか説明できないことが現実に起こったとき、説明できない部分を納得させるために人間がつくった存在が「神」じゃないかと思う。たとえば、狩猟時代に、なんで獲物が獲れたのか、獲れないのかっていうのが理由がわからない場合に「神のしわざ」っていう理屈が生まれたんだと思っている。

映画でも、最近は、ＡＩやコンピュータで膨大なデータから「万人ウケするネタ」を集約して台本に反映させているっていうケースがある。とくに外国では多くて、必ず女が出てきて恋をする、とか、ファミリーの愛情を見せる、とか。

でも、そうやって、万人が気持ちよくなるような内容を、あらかじめデータで集めてつくったような映画は「芸術」と呼べるんだろうかって思う。突然変異が何もなくて面白くもなんともないじゃんって。

個人のデータを集める会社があって、データが石油の原油のような価値を持つ、「データ・イズ・ニュー・オイル」みたいな時代が来ているけれども、それでは現実にわれわれが今生きてて生活していることが実際に本当なのか、データやスマホやコンピュータの作為によって作り出されたものなんじゃないか、っていう、そのあたりがわかりにくい世界になっている。

ますますそんな時代になっている時、ＡＩの判断がジャンジャン幅を利かせるような世の中になっていく時に、では芸術っていったい何なんだ、ＡＩが芸術の分野にまで口を出すようになるんだろうか、という思いがある。

０１０１の電子信号のプログラミングで動くＡＩによって生み出された絵画や音楽や小説や映画を、人間は「素晴らしい」「美しい」って感じるんだろうか……そんなことを考えると、なんか変な時代に今は来ちゃったなぁと思うね。

芸術には突然変異的な要素が必要で、だから俺はゴッホやピカソの絵は基本的には突然変異だと思っていて、ゴッホなんかはとくに病的。でもやっぱり芸術をやる者にとってはその狂い方が凄いなっていう思いがあって、それが純粋に感動とかいった気持ちにつながる。

時代が進んでくると、社会が熟成されてくる。熟成してくると、解釈の仕方も多様化してきて、マルセル・デュシャンの、おまるみたいな便器が芸術とか評価されて、解釈もジャンジャンズレてくる。でもそれは、人間というのは頭の進化もしているわけだから、われわれは結局一つの方向が見えなくて、与えられたことに対して反応していって、どの方向に行くのか全然わかんない状態にあるからじゃないか。

話を人工知能に戻すと、コンピュータの能力っていうのは「べき乗」、指数関数的に増えていくものだけど、それでも脳には追いつけないいんじゃないかとやっぱり思う。

基本的にはＡＩなんていうのは、電気の速さが基準になっていて、ということは、この世でもっとも速い「光」がもとになっている。それがアインシュタインの理論や理屈で成り立っている世界。だけど、人間の脳に関しては、多少機器が進化したところで、相変わらず昔どおりに一つ一つデータをとって、どこの部分のどの感情をつかさどっているのかを調べたりしている。本格的に解明されるには、まだイントロにも入っていないような気がする。

ただ、将来のことはわからないけど、「光よりも速いものはない」というアインシュタイン的な縛りが外れるような理論が発見されたりすると、また事情は変わってくるはずだし、その縛りが外れたら、これまでとはまったく異なる新しい「神様」が出てくるかもしれない。

たとえば量子コンピュータが現実になったりすると、今まで暗証番号を解こうとするのに膨大な時間がかかっていたのが、量子コンピュータで計算すると8分で解ける、泥棒がやり放題になる、みたいな世界が生まれる。すると人間の生き方から何からまったく新しいものに変わるわけで、そうなったらどんな世界になるのかなんて想像できない。

量子コンピュータができれば、量子力学の基礎中の基礎でもあるハイゼンベルクの不確定性原理が崩れるかもしれない。これは「粒子の位置と運動量は同時に測れない」って話で、シュレーディンガーのネコみたいに「観察しなきゃわからない」って話だけど、量子コンピュータの超絶的な計算力によって、粒子の位置と運動量を同時に測れてしまう、ってことになる。だから、ハイゼンベルクの不確定性原理を打ち破るような進化があれば、全然違う社会が待ってるんだろうとは思う。

でも、やっぱりそれは無理だろうと思っていて、人間はやっぱり不確定な生き物で、やることも政治も全部不確定で、それ以外にはありえないだろっていう気がするけどね。

さんざん同じようなことをやっておいて
いまさら環境保護だ、絶滅危惧種を守れだ、
そんなこと言う資格が先進国にあるのでしょうか。

誰もが気づかない「システム」の恐ろしさ

――欠陥だらけの資本主義について

資本主義のことって、もっと真剣に考えたほうがいい。

資本主義の本質って、結局のところ「いかに経費を削減して、安いモノをたくさんつくって、貧乏人にたくさん買わせるか」っていう一点に尽きる。

今の会社ってそこしか考えていない。


外国もそうだが、日本でも「移民」の扱い方とか見てると、もう酷すぎて笑っちゃうぐらい露骨だと思う。

その典型が語学留学生。名前もロクに知られていないような大学もどきや語学学校みたいなのが埼玉県の田舎とかにあって、そこに中国やベトナムとかから日本語を学びに来た留学生を形だけ入学させている。でも学校には誰も来なくて、彼らは日本のコンビニの店員になるために来日を果たす。授業には出なくても籍は学校に置いてあり、その学校の経営を成り立たせるために、国が補助金まで払うケースもある。

コンビニエンスストアで働く日本人が減っていて、その代わりに、できるだけ安い労賃で働かせることのできる外国人をジャンジャン確保したいという思惑が国にも会社にもある。というよりも、コンビニという私企業のために、安い労働力を、日本という国が税金で補塡している構図だ。こんな歪んだことが堂々とまかりとおっている。

国の政策上、「移民」という言葉は使えないものだから、語学留学生とか、技能実習生だとか、適当な名目をつけて安く雇って、さんざんこき使って、しかも技術を覚える前に帰国させてしまう。彼らが技術を覚えて帰ったら、海外で働きすぎてしまって日本が困る、日本で働きすぎたら、日本が乗っ取られる。だからまともな留学生は要らないっていう理屈だ。

はっきり言って人間扱いなんてしてない。もうメチャクチャだ。

国を維持するために、こんなやり方をずっとやってきているわけで、それはつまり、格差をそのままにして国の体制を守ろうとしている資本主義の「理想」そのままだから、これは革命でも起きないかぎり、ひっくり返らないだろう。

俺は昔、ゾマホン（・ルフィン）の国、西アフリカのベナンに「たけし日本語学校」っていうのをつくった。優秀な人間に日本語を教えて将来は日本でもっと勉強させたり、日本で働かせたりしたら面白いんじゃないかと考えたんだ。実際、東大に進んだヤツもいる。

ところが、こういう人材を日本で働かせようとすると、JICA（国際協力機構）やJICE（日本国際協力センター）とかが、いろいろと、うるさいことを言ってくる。

優秀な外国人を日本で勉強させて医者にしてベナンに帰国させようとしても、日本という国や機関が、帰国後の彼らを続けて援助していこうという姿勢はほとんどない。「日本で育てて母国に帰す」という気は、少なくとも日本政府にはさらさらない。ベナンの独裁者のドラ息子とか政府高官の関係者が来日したほうがよほど優遇されて帰っていく。そいつらはベナンに帰っても独裁者をやるだけなのにな。

だから、世界を見ると、先進国がいくら偉そうなことを言っても、貧しい国では相変わらず焼き畑農業が行われている。ブラジルのアマゾンでは1年間に青森県ほどの面積の熱帯雨林が焼き畑や伐採《ばっさい》で消えていくが、そういうことを止めさせようと思ったら、先進国が資金援助しなければ貧しい国は絶対に食っていけないことは火を見るより明らかだ。

そもそも先進国が昔やっていたようなことを、貧困国がいまやっているだけなのに、先進国が偉そうに言える筋合いなのか。

昔は、白人がアフリカに行って象狩りとかライオン狩りとかさんざんやってた。ルーズベルトとかヘミングウェイとかさんざん銃を撃ちまくってたくせに、いまさら動物愛護だ、絶滅危惧種を守れだ、そんなこと言える資格が先進国にあるのかよ。

発展途上国、貧しい国っていうのは、先進国がやったことを真似しているだけなのに、それを「やめなさい」って、お前らもやってたじゃないか、先にやった者勝ちなのかっていう、地球全体が歪んだような経済、資本主義の世界になっている。

今はその揺り戻しというか、ツケみたいな現象が次々と起こっている。

地球温暖化や、世界のあちこちで起こっている大規模な森林火災・山火事だ。

最近ではオーストラリアの一部が丸焼けになったり、カリフォルニアが大変なことになっていたりする。

しっぺ返しは世界共通で起こっているのに、誰も本気で対策をとろうと思っているようには見えない。

こういうのを見ていると、アルバート・ゴアを思い出す。ノーベル賞が欲しくて、『不都合な真実』とか言って、地球温暖化や環境破壊や資源のムダ遣いについてワーワー警告を発したけど、なんのことはない、自分の豪邸の電気代がとんでもなかったっていうオチだった。

「不都合な家」。オマエが不都合だろっていう。

「最近のたけしはつまらない」

「喋らなくなった」だって？

おいおい、ちょっと待ってくれ。

ビートたけしはつまらなくなったのか？

――芸人　ビートたけしについて

最近、「たけしはテレビで喋らなくなった」って言われる。違うんだよ。俺、収録ではよく喋ってるんだ。

だけど、テレビ局が意識的に録画を増やしていて、ちょっと放送するとヤバそうなコメントは局のほうで判断して事前に外してるんだ。だから面白いことをずいぶん喋ったつもりなのに実際の番組では無口に見えてしまう。

俺はラジオやテレビで何十年もかけて「たけしは毒吐いても仕方ない」っていうイメージを視聴者に植えつけていったっていう自信があるんで、自分の発言に文句を言われても「悪いですか、それ」って平気で言い返すし、最近では文句を言われたことも、あんまりないんだけど、局のほうがスポンサーを意識して自主規制してしまう。

で、「コンプライアンスの問題ですから」とか言われるんだよ。


いい加減なことばかり言ってる評論家が「最近のたけしはつまらない。毒がなくなった」とか言う。毒を流したら怒るくせにって思う。そういうことはスポンサーに対して言ってくれねぇかなって。でもやっぱり責任は当事者になっちゃうから。

「昔みたいに思い切ったテレビがない」とかね。何言ってんだって思うけど。今は、そういう時代じゃないんだよっていうことを言いたい。

俺のことを「つまらなくなった」って思うんだったら、俺のライブに来てほしいね。コロナの前は、200人とか300人とか集めて定期的にやってたんだけど、放送禁止ネタのオンパレードだから、やっぱり毒が満載だし、アレが一番ウケるね。

コロナの影響があって今はできないけど……。


人気が出たころからもう40年が経った。早いもんだ。

実はレギュラー番組の数は今と昔でそんなに変わってない。歳とったな、という感覚はあるけど、振り返って「あのときは落ち目だったな」という時期が俺にはあんまりないんだよね。仕事がなくなったのは……この本を出すって言った講談社で起こしたあの事件の時じゃねーか。思い出させるなバカヤロー。

まぁそれはともかく、今でも、お笑い界のある程度のトップを走り続けているっていう自負はある。映画のほうでも興行的にはいまひとつだった『ソナチネ』みたいな作品もあるけど、外国の映画祭では評価が高かったりする。

とにかく、芸能という世界の、あらゆるものに挑戦したけど失敗はなかったと思う。というより、そもそも失敗するようなモノには大々的に挑戦していない、というのが正しいな。歌手とかもやったけど、あれは俺にとってはカラオケの延長みたいな感覚で、言ってみればファンサービスみたいなもの。歌ってる本人が「下手だな」と思ってるぐらいだから。歌でも歌えばその分、漫才で考えるネタが少なくていいかなと思ったのが始まりだし。

昔の俺のラジオを聞いていた世代の奴らが、いま、NHKの番組を作るポジションに結構いたりして、「ファンでした」「たけしさんと仕事がやりたくて」とか言って実際に一緒に仕事をしたこともある。コントの復権というテーマで作った『コントの日』とか。

NHKからしても結構ギリギリの路線だと思うんだけど、ありがたいことだね。

まぁ、「NHKをぶっ壊す!」なんていう人間まで出てきているから、NHKもちょっとこたえているのかな、変わろうとしているのかなとも思ったりするけど。

でも、やっぱりNHKで一番面白いのはなんといっても政見放送だ。あれほど笑わせてくれる番組はない。ツービート時代、あまり放送禁止ネタが多かったんで、二人で立候補して、何を言っても止められない「放送禁止漫才」をやろうと思ったことがある。結局、カネがかかるから実現しなかったけど。

NHKも、もっとBBCみたいになればいいのにな。『モンティ・パイソン』みたいな番組をやればいいと思うけど、あんな感じで皇室をネタにしたら、日本の右翼が黙ってないだろうね。

最近の自分の仕事で印象に残っているものといえば……「弔辞」っていうタイトルの本なのに、祝辞の話をしてしまうけど、2019年4月に、天皇陛下の即位30年を祝う式典で祝辞を読んだことかな。

半年ほど前、内々に打診が来たとき、最初は断ったんだ。

「なんで俺なんだ。もっとも場違いな人間だよ」って。

それまで、俺は筆文字の仰々しい手紙に悪口を書いて、林家三平の結婚式や、『笑っていいとも!』の最終回でタモリに向けて表彰状を読んだりしていた。このスタイルだと、事前に書いて相手に見せられるから、相手もある意味で安心できる。

天皇の前で俺がぶっつけ本番で言いたい放題言ったら大変なことになる。だから祝辞というスタイルならまあ大丈夫かなと思って最終的に引き受けた。

当日は名前を呼ばれて、演台の前まで行って、わざと違う人の祝辞を間違えて読んだり、自分の書いた祝辞を逆さまに読んだりして、これから始まるのはシャレなんだということを参列者にくどいぐらいに強調しておいた。

祝辞の中に入れた笑いのネタも、「(初めて陛下のお姿に接した)お茶会の時にいただいた金平糖は我が家の家宝にして、訪ねてきた友人に一粒800円で売っております」とか、「元号が令和に変わります。私がかつて所属したオフィス北野も、社名を『オフィス冷遇』として、タレントには厳しくあたり、変な情けをかけないことを決めました」といった程度に抑えた。

これが日本じゃなくて、イギリスのエリザベス女王の前とかだったらもっと楽なんだ。戦争に勝利した国の王室だから。勝った者に対しては、芸人は国や政治の悪口が言える。

「あのチェンバレンのバカが」とか「戦時中、デブのチャーチルは嫌われ者だったわけですが」みたいなノリが通用する。

だけど、日本は負けているわけで、しかも負け方が悲惨で原爆まで落とされたりしたわけだから、その点を笑いにするわけにはいかない。そうするとどこに笑いを持っていくかというと、天皇陛下と自分との間に落とし込むしかなかった。だから自虐ネタでいったんだ。

芸人には芸人としての役目っていうのがあって、その原形っていうのはシェイクスピアとかにもちょくちょく登場する「道化」だ。王様の傍に控えて、雇い主である権力者の王に対しても遠慮なく毒舌ギャグをかますことができる特権を持っているんだけど、責任は負わずに済む。どんな毒を吐いても、王の悪口を言っても、王様が道化を処罰することはない。

俺たち芸人はこの道化・ピエロの立場が理想的だと思う。毒を盛り込む形で本質的なことを言っても怒られたり、抗議されたりすることはない。

真に受ける輩がいたら、その時は「俺は漫才師だぞ」って開き直るだけ。

漫才師っていうのは、結局トーカ堂やジャパネットたかたみたいなテレビ通販の話芸と同じで、「わー、お安い」「そんな値段で本当にいいんですかぁ」みたいな、みんなそのぐらいのリアクションを返してくれればいいんだよ。「ま、あいつは何言ってもしょうがないな」みたいな風に思われるのが理想。

それでも文句を言ってくるヤツがいたら、最後はボケたフリをしてやろうかと思ってる。「はぁぁ〜？　なんですかぁ？」ってな。

N.D.C.914 190p 18cm
ISBN978-4-06-521515-9

編集協力　中原一歩

弔《ちょう》辞《じ》

二〇二〇年一二月八日　第一刷発行

著　者　ビートたけし

発行者　渡瀬昌彦
発行所　株式会社講談社
東京都文京区音羽二丁目一二－二一　郵便番号一一二－八〇〇一
電　話　〇三－五三九五－三五二一　編集（現代新書）
〇三－五三九五－四四一五　販売
〇三－五三九五－三六一五　業務
装幀者　中島英樹
印刷所　豊国印刷株式会社
製本所　大口製本印刷株式会社

ビートたけし（北野 武）

Takeshi Kitano

1947年東京都足立区生まれ。浅草フランス座で芸人としてデビュー後、1972年に漫才コンビ「ツービート」を結成、人間の「建前と本音」「理想と現実」の落差を舌鋒鋭く突きまくる芸風で漫才ブームの牽引役となる。テレビに進出後、『オレたちひょうきん族』『天才・たけしの元気が出るテレビ!!』の人気番組を次々と手掛ける。映画監督としても『その男、凶暴につき』『ソナチネ』『HANA-BI』などの話題作を多数世に送り出す。2016年にレジオン・ドヌール勲章、2018年には旭日小綬章を受章。近年は小説執筆にも力を入れている。近著に『不良』（集英社）、『浅草迄』（河出書房新社）など。